위대한 항해 11

2024년 2월 16일 초판 1쇄 인쇄
2024년 2월 21일 초판 1쇄 발행

지은이 이윤규
발행인 김관영

기획 이기헌 왕소현 임동관 박경무 강민구 조익현
책임편집 최전경
마케팅지원 이원선

발행처 (주)로크미디어
출판등록 2003년 3월 24일
주소 서울시 마포구 마포대로 45 일진빌딩 6층
Tel (02)3273-5135 Fax (02)3273-5134
홈페이지 rokmedia.com E-mail rokmedia@empas.com

ⓒ 이윤규, 2023

값 9,000원

ISBN 979-11-408-2133-4 (11권)
ISBN 979-11-408-1029-1 04810 (세트)

이 책의 모든 내용에 대한 편집권은 저자와의 계약에 의해
(주)로크미디어에 있으므로 무단 복제, 수정, 배포 행위를 금합니다.

작가와의 협의에 의해 인지는 생략합니다.
잘못된 책은 구입처에서 바꾸어 드립니다.

위대한 항해

이윤규 대체역사 소설 ⑪

 극동은행

CONTENTS

1장

영국은 대한제국의 중동 진출 소식을 듣고는 크게 놀랐다. 이들의 놀라움은 다른 유럽 제국들과는 결을 달리했다.

　영국이 아라비아 동부에 진출한 것은 무역선의 무사 항해 때문이었다.

　아라비아의 동부 끝에 있는 호르무즈해협은 예전부터 해적이 끊이지 않았다. 그로 인해 영국의 무역선도 수차례 해적의 피해를 입어야 했다. 자국 생산품을 전 세계에 팔고 싶어 하는 영국에 있어 호르무즈해적은 눈엣가시였다.

　그런 영국은 무역선을 위해 해적들을 호르무즈해협에서 몰아내려 했다. 그 일환으로 아라비아반도 끝에 있는 7개의 토후를 모아 휴전 오만을 만들고 보호령으로 삼았다.

그리고 해적을 소탕했다.

이런 영국은 대한제국이 페르시아로 진출할 가능성을 주목했다. 영국 수상 윌리엄 글래드스턴이 외상을 관저로 불러들였다.

"어서 오시오, 외상."

"찾으셨습니까, 수상 각하."

"그렇습니다. 이리 앉으시지요."

두 사람이 원탁에 앉았다.

"오늘 외상을 보자고 한 것은 중동에서 일어난 놀라운 일때문입니다."

영국 외상이 바로 알아들었다.

"수상께서도 한국이 아라비아 동부 지역을 매입했다는 보고를 받았군요."

"그렇습니다. 어떻게 해서 이런 일이 일어난 것인지 아십니까?"

"그렇지 않아도 소식을 접하고 급히 이스탄불로 상황을 파악해 보고하라는 전문을 보냈습니다."

"어떻게 되었습니까?"

외상이 설명했다.

"한국이 매입한 사실이 맞습니다. 오스만 외무부에 따르면 아라비아 동부 해안에서 200킬로미터까지 매입했다고 하더군요. 위로는 쿠웨이트와, 아래로는 카타르반도를 포함하고요."

글래드스턴 수상이 놀랐다.

"상당히 넓은 면적이군요. 그렇게 되면 아라비아반도에서 페르시아만으로 나가려면 이제 한국 땅을 지나야 한다는 말이군요."

"그렇습니다."

글래드스턴 수상이 고개를 갸웃했다.

"그런데 한국이 뜬금없이 중동 땅을 매입한 이유가 뭡니까? 혹시 그곳이 쓸 만한 자원이 매장되어 있습니까? 아니면 우리가 모르는 무엇이 있는 것입니까?"

외상이 고개를 저었다.

"저도 갑작스러운 일에 조사를 지시했습니다만 전혀 없습니다. 보고에 따르면 사막과 황무지가 전부입니다. 뭐, 오아시스는 도처에 있지만 그것만으로는 무엇이 되는 것은 아니고요. 인구도 적어서 10만도 되지 않습니다."

"허 참, 기가 막히네요. 우리도 쓸모없는 사막뿐이어서 휴전 오만을 결성해 놓고도 수십 년 동안 거의 방치해 두고 있었던 곳입니다. 그런 곳을 왜 한국이 매입했단 말입니까?"

외상이 어깨를 으쓱했다.

"솔직히 저도 그 점이 궁금합니다. 혹시 페르시아로 진출하는 교두보를 확보한 것은 아닌지 모르겠습니다."

글래드스턴 수상이 인상을 썼다.

"역시 외상께서도 그 점을 지적하는군요. 맞습니다. 저도 아무래도 그 때문이 아닌가 하는 생각이 듭니다. 더하여 오스만의 바그다드와 바스라로 진출할 수도 있지 않겠습니까?"

그 말에 외상이 고개를 저었다.

"그것은 쉽지 않습니다. 아무리 오스만이 쇠락했다 해도 자신들의 안마당인 지역을 내줄 리는 만무하지요. 더구나 오스만의 황제는 이슬람교의 칼리프여서 아랍 부족도 하나같이 고개를 숙이고 있지 않습니까?"

수상도 인정했다.

"그건 그렇습니다."

글래드스턴 수상은 고심하다가 결정했다.

"어쨌든 이 일을 그냥 두고 볼 수는 없습니다. 한국은 조선이던 시절부터 우리 영국과 긴밀하게 유대관계를 맺어 오고 있습니다. 그런 한국이 우리와의 협의도 없이 중동으로 진출했다는 사실이 영 찜찜합니다."

외상이 제안했다.

"중동으로 특사를 파견할까요?"

"중동으로 특사를 파견해 봐야 무슨 소용이 있겠습니까? 하려면 한국 본토로 보내야지요."

외상이 고개를 저었다.

"그렇지 않습니다. 제가 파악하기로 이번 할양 계약을 주도한 사람이 이대진 백작이라고 합니다."

글래드스턴 총리가 고개를 갸웃했다.

"그 사람이 누구이지요?"

"그 사람은 일본과 청국과의 종전 협상에 이어 프랑스와의 종전 협상도 주도한 사람입니다. 아울러 얼마 전에 하와이의 진주만 할양 조약도 주도했습니다."

글래드스턴 수상이 놀랐다.

"대단한 인물이군요. 그 정도면 한국의 대외 협상을 거의 주도했다고 해도 과언이 아니군요."

"예, 이번에도 그가 주도했습니다. 그런 이 백작이 지금 중동에 있는 것으로 압니다."

"특사를 파견해서 이 백작과 면담해 보자는 말이군요."

"그렇습니다."

글래드스턴 수상이 부정적인 의견을 냈다.

"국익에 관한 사항입니다. 아무리 우리와 가깝다고 해도 무슨 의도로 매입했는지까지는 알 수는 없겠지요."

외상도 인정했다.

"그 말씀은 맞습니다. 그렇지만 페르시아 진출에 대한 대답은 들을 수 있지 않겠습니까? 지금의 우리로서는 모래뿐인 아라비아 동부의 매입 이유보다 그게 더 중요하니 말입니다. 더구나 바레인은 우리 영국의 보호하에 있었는데 이번에 함께 넘어갔으니 그 문제도 분명히 따져 봐야지요."

글래드스턴 수상이 동조했다.

"좋습니다. 특사를 보내 그를 만나 보도록 합시다. 그리고 이 백작이라는 인물이 언제 아라비아를 떠날지 모르니 즉시 특사를 파견하도록 조치하세요. 그리고 상대가 백작이라고 하니 우리도 격에 맞는 사람을 파견하는 것이 좋을 것 같네요."

"그렇게 하겠습니다."

영국에서 이런 움직임이 있을 무렵.

대진은 현지 관리와 함께 카타르와 바레인을 둘러보는 여정에 올랐다. 이 여정에 베두인 용병 10명과 해병수색중대가 동행했다.

장태수가 걱정했다.

"비적을 소탕한 지 얼마 안 되었습니다. 이런 시기에 먼 길을 다녀오실 필요가 있겠습니까?"

하지만 대진의 생각은 달랐다.

"오히려 지금이 더 좋아. 지금이 아니면 내가 언제 두 지역을 둘러볼 수 있겠어?"

"그렇기는 합니다만 카타르도 그렇고 바레인도 주민 이주가 완전히 끝나지 않았습니다. 그러니 이주가 완전히 끝난 뒤에 들어가 보는 것이 좋지 않겠습니까?"

대진이 고개를 저었다.

"별문제 없을 거야. 이주를 시작한 지 벌써 반년 가까이 되었잖아. 그 정도면 이주할 수 있는 인원은 거의 다 이주했다고 봐야 해."

"그렇기는 하지만……."

대진이 웃으며 장태수를 다독였다.

"하하! 너무 걱정하지 마. 카타르와 바레인에는 아직 오스
만의 관리와 병력이 주둔해 있잖아. 그들의 도움을 받으면
별문제가 없을 거야. 그리고 나도 곧 있으면 귀국해야 하니
이번이 아니면 기회가 없어."

대진의 거듭된 말에 장태수도 결국 동조했다.

"알겠습니다. 저는 곧 들어오는 본진 병력과 함께 들어갔
으면 했는데 일찍 둘러보시겠다고 하니 어쩔 수 없네요."

대진은 걱정하는 장태수와 악수했다. 그러고는 이제는 능
숙해진 낙타를 타고는 여정을 시작했다.

알 하사에서 카타르로 가기 위해서는 남쪽으로 내려가야
한다. 사막 부족인 베두인 용병들은 대진 일행을 최단 거리
로 안내했다.

덕분에 적절히 오아시스에서 휴식을 취하면서 사흘 만에
도하(Doha)에 도착할 수 있었다. 미리 베두인 용병이 연락한
덕분에 오스만 관리가 관청의 밖에서 기다리고 있었다.

"어서 오십시오, 백작님."

"고생이 많습니다."

대진과 오스만 관리는 이슬람식으로 인사했다. 인사를 마
친 대진이 주변을 둘러봤다. 그런 대진의 시야에 어수선한

도하의 풍경이 들어왔다.

"이주가 끝난 줄 알았는데 아직도 진행되고 있네요."

오스만 관리가 사정을 설명했다.

"처음에는 이주할 지역의 상황을 몰라 주민들이 주저했습니다. 그래서 토후 가문과 그들을 추종하는 주민들이 먼저 이주했지요. 그러다 이주한 곳이 물도 풍부하고 날씨도 좋은 것을 알게 되면서 이주민이 급증하고 있습니다."

대진은 대화를 나누면서 관청으로 들어갔다. 그런데 알 하사와 달리 실내도 상당히 더웠다.

대진이 이마에 흐르는 땀을 닦았다.

"후! 이곳은 건물 내부도 덥군요. 알 하사는 건물 내부나 그늘은 시원하던데요."

오스만 관리가 설명했다.

"카타르는 반도여서 주변이 전부 바다입니다. 그렇다 보니 다른 지역보다 훨씬 후텁지근합니다."

"그렇군요."

"이리 앉으시지요."

"감사합니다."

대진은 오스만 관리가 권하는 자리에 앉으며 질문을 이어 갔다.

"원주민들은 어디로 이주하지요?"

"바스라 지역입니다."

"이주하더라도 토후의 지위는 인정받지요?"

"물론입니다. 우리 오스만은 지역의 토후의 권리를 전통적으로 인정해 주어 왔습니다. 특히 아랍 지역은 토후 가문에 대해 상당한 자치권을 부여하고 있지요. 더구나 이번 경우는 우리의 요청으로 이주하는 거여서 상당 기간 세금도 면제해 주는 것으로 압니다."

"그렇군요. 이주민이 많습니까?"

"지금 상황대로라면 전체 주민의 절반 이상이 이주할 것으로 보입니다."

대진이 놀랐다.

"절반이라니, 이주민들이 의외로 많군요?"

"이곳의 삶이 많이 척박해서 그렇습니다."

"진주 양식을 대량으로 한다면서요? 그러면 먹고사는 것은 문제가 없는 거 아닌가요?"

오스만 관리가 고개를 저었다.

"그렇지가 않습니다. 모든 사람이 양식장을 갖고 있는 것이 아닙니다. 진주 양식장은 토후를 비롯해 일부 부호와 상인들이 장악하고 있지요. 그 바람에 대부분의 원주민들은 그들에게 고용되어 있는 상황이고요."

그제야 대진은 이해가 되었다.

"대부분이 노동자라는 말이군요."

"그렇습니다. 그런 원주민들에게는 날씨도 혹독한 여기보다는 바스라가 훨씬 살기 좋지요."

"이주민이 더 늘어날 수도 있다는 말입니까?"

"그건 장담할 수가 없네요."

"주민의 숫자가 얼마나 되지요?"

"토후에게 인계받을 때는 4,500여 명이었습니다."

"절반 이상이 이주했다면 2,000명도 남지 않았다는 말이군요."

"그렇습니다."

"어쨌든 나쁘지 않은 상황이군요."

오스만 관리가 어리둥절했다.

"예? 그게 무슨 말씀입니까?"

대진이 설명했다.

"우리는 인도의 무슬림들을 대거 이주시켜 노동력을 충당하려고 생각하고 있습니다. 그런 상황에서 원주민들이 너무 많으면 불상사가 날 우려가 많지 않겠어요?"

오스만 관리가 고개를 끄덕였다.

"그렇기는 합니다. 그런데 이곳 주민들은 순박해서 외지인과도 잘 어울릴 것입니다."

"그러면 다행이고요."

대진은 카타르 토후가 사용하던 저택에서 머물렀다. 그리고는 이틀 동안 오스만 관리의 도움을 받아 주변을 둘러봤다.

그리고 사흘째 되는 날, 중동 고유의 선박인 다우범선을 타고 바레인으로 넘어갔다. 바레인은 대마도보다 조금 넓은 섬이다.

그런 바레인은 바레인의 바로 위에 붙어 있는 무하라크 섬을 수도로 하고 있었다. 대진이 탄 다우범선이 도착하자 미리 연락을 받은 오스만 관리가 기다리고 있었다.

"어서 오십시오, 백작님."

대진도 이제는 능숙해진 이슬람식 인사를 했다.

"만나서 반갑습니다."

인사를 마친 대진이 안내된 곳은 토후의 저택이었다. 그런데 저택의 규모가 카타르보다 훨씬 더 컸다.

"이곳의 저택은 카타르보다 훨씬 크네요?"

"바레인의 토후가 카타르까지 지배한 적이 있습니다. 그리고 영토는 작지만 바레인이 상대적으로 더 부유했고요."

"이곳도 진주 양식이 주 수입원이지요?"

"그렇습니다."

"바레인의 토후는 이주에 협조적이었나요?"

오스만 관리가 고개를 저었다.

"처음에는 강력하게 반발했습니다. 그러다 우리가 만일 떠나지 않으면 토후 가문을 지워 버리겠다고 협박했지요. 그래도 영국을 믿고 저항하려는 것을 이곳 백성들을 동원해 쫓아내다시피 이주시켰지요."

대진이 놀랐다.

"원주민들을 동원했다고요? 어떻게 말입니까?"

"바레인의 원주민들은 시아파를 신봉하지요. 반면에 토후인 알 할리파 가문은 수니파이고요. 더구나 알 할리파 가문은 쿠웨이트에서 넘어온 터여서 원주민과 늘 이런저런 문제를 노출해 왔지요. 그런 부분을 저희가 파고들었던 겁니다."

"그러면 주민들도 많이 이주하지 않았겠네요?"

"그렇습니다. 토후 가문을 추종하는 주민들만 이주에 동참했습니다."

"바레인 주민들은 얼마나 됩니까?"

"5,000명 정도 됩니다."

"저택에 들어오면서 보니까 요새가 있던데요."

"그건 과거에 포르투갈이 세운 성채입니다."

"포르투갈이 이곳을 점령했었나 보군요."

"그렇습니다. 80년가량 점령했지요. 이후에 페르시아도 200여 년간 점령했고요. 그 이후 이번에 이주한 알 칼리파 가문이 페르시아 세력을 몰아내고 토후가 된 것입니다."

대진이 상황을 짐작했다.

"페르시아가 200여 년간 점령한 바람에 원주민 대부분이 시아파인 거로군요."

"그렇습니다. 이곳의 원주민들은 알 칼리파 가문을 정복자로 생각하고 있었지요. 그로 인해 알게 모르게 충돌도 많이 발생했고요."

대진과 동행한 현지 관리가 나섰다.

"그러면 한국이 진출한 것에 대한 불만은 별로 없겠습니다."

오스만 관리가 설명했다.

"우선은 그렇습니다. 원주민들로서는 자신들을 압제하던 토후가 없어진 셈이니까요. 그러나 앞으로가 더 문제이지 않겠습니까?"

"그건 그렇습니다."

대진이 확인했다.

"진주 양식은 잘되고 있습니까?"

"물론입니다. 카타르도 그렇지만 바레인은 수심이 얕고 수온이 높아 진주 양식의 최적지입니다. 그래서 이곳에서 생산되는 진주는 최상의 품질을 자랑하지요. 그 바람에 토후 가문도 막대한 수익을 거둬 왔고요."

"카타르는 토후와 상인들이 진주를 양식하던데, 여기는 다른가 보지요?"

"그렇지 않습니다. 바레인도 토후 가문이 진주 양식 일체를 관리해 왔습니다. 그래서 원주민들의 불만이 많았고요. 앞으로 이 지역을 무난히 통치하려면 그 부분을 신경 써야 할 것입니다."

"그래야겠군요."

오스만 관리가 일어났다.

"오늘은 무하라크 섬을 둘러보시고 바레인 본섬은 내일부터 둘러보시지요."

대진도 따라 일어났다.

"그렇게 합시다. 그리고 원주민들의 원로들을 따로 만나보고 싶은데, 가능하겠습니까?"

"당연히 가능합니다. 내일 오후 이리로 넘어오도록 조치하겠습니다."

대진이 고개를 저었다.

"번거로우니 그렇게 하지 마세요. 내가 건너갔을 때 만날수 있으면 됩니다."

"알겠습니다. 바레인섬에는 포르투갈이 만든 상당히 큰성채가 있습니다. 그곳에서 원로들과 면담하도록 조치하겠습니다."

"그렇게 하시지요."

대진은 이날 오스만 관리의 안내로 무하라크 섬을 둘러봤다. 섬에는 포르투갈이 만들어 놓은 요새가 있어서 병영으로활용되고 있었다.

대진이 동행하고 있는 중대장을 둘러봤다.

"이 정도면 우리도 병영으로 사용할 수 있겠지?"

"물론입니다. 대대 병력은 곤란해도 중대 병력 정도는 당장 사용이 가능하겠습니다."

"다행이야. 이렇게 무더운 곳에서 병역을 짓지 않아도 되니 말이야."

"그러게 말입니다. 방금 오스만 관리의 말에 따르면 바레인섬에도 포르투갈이 만든 성채가 있다고 했는데 그것도 활용이 가능한지 살펴봐야겠습니다."

"될 수 있으면 활용하도록 해야지. 바레인과 카타르에 각각 대대 병력이 주둔할 예정이잖아."

"그렇습니다. 각각 바레인대대와 카타르대대로 명칭까지 미리 정해졌습니다."

"그렇지. 중동여단의 바레인과 카타르 대대지."

다음 날.

대진은 오스만 관리와 함께 본토로 넘어갔다. 그러고는 주민들이 모여 사는 마나마로 들어갔다.

오스만 관리가 설명했다.

"전체 주민 중 절반 정도가 이곳 마나마에 모여 삽니다."

"바레인에 오아시스가 많습니까?"

"사람이 살 만한 곳은 십여 군데 됩니다."

"섬치고는 의외로 많군요."

"예, 어떻게 보면 카타르보다 살기는 더 좋습니다. 그래서인지 예전부터 바레인이 외세의 침략을 많이 받았지요. 지금도 전체 주민의 숫자가 카타르보다 많습니다."

"그렇군요."

그렇게 마나마를 둘러본 대진은 포르투갈이 지은 성채로 안내되었다. 놀랍게도 300여 년 전에 지어진 성채가 거의 원형 그대로였다.

중대장이 감탄했다.

"대단하네요. 300여 년 전에 지어진 성채라고 볼 수 없을 정도로 깨끗합니다. 이 정도면 요새와 마찬가지로 바로 사용해도 되겠습니다."

"그러게. 사막의 건조한 기후가 노후화를 더디게 했나 보네."

오스만 관리가 나섰다.

"들어가시지요. 안에 원주민 원로들이 기다리고 있습니다."

"그러시지요."

대진은 성채의 한 건물로 안내되었다. 들어간 건물 안은 상당히 넓었으며 그곳에서 10여 명의 원주민들이 기다리고 있었다.

오스만 관리가 나섰다.

"인사들 하시오. 이분은 앞으로 카타르를 통치하실 한국의 백작님이오."

원로들이 일제히 인사했다.

"처음 뵙겠습니다."

대진도 답례했다.

"만나 뵙게 되어 반갑습니다."

원로 한 명이 앞으로 나섰다.

"안으로 드시지요. 자리가 마련되어 있습니다."

안쪽의 방도 꽤 넓었으며 카펫이 깔려 있었다. 그런 카펫의 위에는 방석이 줄지어 놓여 있었다.

"이리 앉으시지요."

대진이 편하게 중앙에 앉았다.

원주민 원로들이 그 맞은편에 앉았다. 나이 많은 원로가 먼저 입을 열었다.

"저희를 보자고 하셨다고요?"

"그렇습니다. 우리는 아랍 지역의 통치가 처음입니다. 그래서 원주민들의 건의 사항을 경청하려고 원로들을 모셨습니다."

원로가 인사했다.

"모든 것이 알라의 뜻대로. 감사합니다. 저희들은 새로 오는 통치가 어떤 성향인지 많이 걱정하고 있었습니다."

다른 원로도 나섰다.

"지금까지 우리를 통치했던 알 할리파 가문의 토후는 힘으로 우리를 억압하기만 했습니다. 더구나 종파도 달라서 성향도 맞지 않았지요. 그래서 동양의 통치자도 종교를 탄압하지 않을까 많이 걱정했습니다."

대진이 설명했다.

"우리나라에는 종교의자유가 있습니다. 그래서 누가 어떤 종교를 믿더라도 탄압하지 않지요. 더구나 중동은 이슬람교가 주류이니 당연히 존중해 주어야지요."

원주민 원로가 놀라 확인했다.

"그렇다면 우리 이슬람에 제재를 전혀 가하지 않는다는 말씀입니까?"

"물론입니다. 우리의 통치에 반하지만 않는다면 최대한 종교의자유를 드릴 것입니다."

"감사합니다. 그런데 앞으로 진주 양식은 어떻게 관리합니까?"

"바레인은 양식장을 토후 가문이 관리해 왔다고요?"

"그렇습니다."

"양식장은 지금처럼 우리 관리가 관장하게 될 것입니다."

원주민 원로가 아쉬워했다.

"그러면 지금처럼 우리에게 최소한의 품삯을 지급해 준다는 말씀입니까?"

대진이 고개를 저었다.

"아닙니다. 우리가 관장은 하지만 품삯을 지급해 주지는 않을 겁니다. 그 대신 생산량의 1/5은 세금으로 공납하고 나머지는 여러분에게 일한 만큼 분배해 줄 것입니다."

원주민 원로의 눈이 더없이 커졌다.

"그게 정말입니까? 이 할의 세금을 제외한 나머지를 전부 우리에게 분배해 줍니까?"

대진이 강조했다.

"그렇습니다. 그러기 위해서는 원로들께서 주민들을 다독여 우리의 통제에 잘 따라 주어야 합니다."

원주민 원로가 장담했다.

"당연히 그래야지요. 그렇게 많은 배당을 해 준다는데 따르지 않을 까닭이 없지요."

오스만 관리도 놀랐다.

"대단하신 결정입니다. 그런데 그렇게 많이 배당해 주면 관리들의 급여나 군대를 유지하는 비용도 나오지 않을 터인데요."

대진이 웃으며 고개를 저었다.

"처음부터 수익을 얻자고 영토를 할양받은 것이 아닙니다. 그리고 나라를 안정시키기 위해서는 주민들이 먼저 풍족하게 살아야 한다는 것이 우리 정부의 방침입니다."

"놀랍습니다. 귀국이 원주민들에게 이렇게 호의적인 정책을 펼친다면 통치하는 데 큰 도움이 될 것입니다."

"그래야지요. 우리는 점령군이 아니라 더불어 살기 위해 이곳에 왔으니까요."

대한제국이 이 지역을 매입한 것은 지하에 매장되어 있는 원유 때문이었다. 그랬기에 당장의 수익은 아예 생각지도 않고 있었다.

그래서 대진이 원주민 우대 정책을 후하게 제시할 수 있었던 것이다. 이런 설명을 들은 원주민 원로들은 거듭해서 감사를 표했다.

본래는 카타르에서도 같은 설명을 해 주려고 했었다. 그런데 카타르는 아직도 이주가 완료되지 않은 상황이었기에 다음 기회로 미뤄야 했다.

하지만 바레인은 달랐다.

바레인의 토후는 원주민들에게 점령군이나 마찬가지였다. 그런 토후가 바스라로 떠난 후였기에 대한제국은 해방군이 될 수가 있었다.

덕분에 올 때와 다르게 열렬한 환호를 받으며 바레인을 떠날 수 있었다.

대진은 다우범선을 타고 담맘으로 넘어갔다가 알 하사로 돌아왔다.

그런데 기다리는 사람이 있었다.

장태수가 그를 소개했다.

"백작님, 영국에서 온 윌리엄 백작입니다."

윌리엄 백작이 손을 내밀었다.

"처음 뵙겠습니다. 대영제국 수상 각하의 특명을 받고 온 존 스튜어트 윌리엄 백작입니다."

대진은 순간 움찔했다.

그러나 영국이 어떤 식으로든 반응을 보일 거라는 것은 예상하고 있었다. 그럼에도 자신이 있는 곳까지 특사를 파견한 일은 놀라웠다.

대진은 침착하게 손을 맞잡았다.

"어서 오십시오. 백작 이대진입니다."

"백작님의 위명은 많이 들어 왔는데 이렇게 만나 뵙게 되어 참으로 반갑습니다."

대진이 어리둥절해했다.

"제 위명을 많이 들었다고요?"

"하하하! 당연하지요. 그동안 귀국의 대외 교섭을 백작님이 전부 맡아 오지 않았습니까? 이번에 중동의 영토를 매입한 것도 백작님의 작품이고요."

대진은 윌리엄 백작의 말을 부인하지 않았다.

"그 말씀은 맞습니다."

"지금 유럽에서는 이번 영토 매입 때문에 얼마나 말이 많은지 아십니까? 한동안 각국 신문에 대대적으로 기사가 실렸습니다."

대진이 고개를 갸웃했다.

"의외로군요. 아라비아 동부 지역은 별다른 이권이 있는 곳이 아닙니다. 그런 지역을 매입한 것이 무슨 큰 소식이라고 신문까지 떠들썩합니까?"

"하하하! 그래서 더 이슈였지요."

"예? 그래서 더 이슈였다고요?"

"생각해 보십시오. 아라비아 동부는 아무 이권도 없는 지역입니다. 심지어 인구도 거의 없는 사막과 황무지뿐이고요.

그런 지역을 귀국이 막대한 비용을 들여 구입했으니 어찌 화제가 되지 않겠습니까?"

대진이 씁쓸해했다.

"이상해서 화제가 되었다는 말이군요."

윌리엄 백작이 어깨를 으쓱했다.

"유럽의 시각에서는 당연하지 않겠습니까?"

"그래도 귀국은 오래전에 이곳에 진출해 있지 않습니까?"

"그렇기는 합니다. 그러나 우리 대영제국도 실익이 없어서 그동안 거의 버려두다시피 한 지역이었습니다. 그런 지역을 갑자기 귀국이 매입했다고 해서 제가 특사로 오게 된 것입니다."

윌리엄 백작이 잠깐 말을 멈추었다. 그러고는 탐색하듯 대진을 찬찬히 바라봤다.

그러던 윌리엄 백작이 입을 열었다.

"우리 대영제국은 귀국의 고토 수복과 일본 정벌에 음양으로 도움을 드린 적이 있습니다. 그래서 지금까지 양국은 어느 나라보다 우호 관계를 유지해 오고 있고요. 그런 상황에서 우리 대영제국이 진출한 이곳을 귀국이 매입한 이유가 무엇입니까?"

대진의 대답이 주저 없이 나왔다.

"우리가 아라비아 동부를 매입한 까닭은 국익을 위해서입니다."

윌리엄 백작의 반응도 바로 나왔다.

"당연히 그러시겠지요. 그런데 왜 하필 아라비아 동부입니까? 그리고 바레인은 1861년 이미 본국의 보호령이 되었다는 사실을 알고 있습니까?"

대진은 이런 사실을 이미 알고 있었다. 그러나 겉으로는 전혀 모르는 표정을 지으며 반문했다.

"바레인이 귀국의 보호령이라고요?"

"그렇습니다."

대진이 고개를 저었다.

"이해할 수가 없네요. 오스만제국은 아랍의 종주국입니다. 당연히 아라비아 동부 지역도 오스만의 권역이지요. 그런 지역의 토후가 다스리는데, 어찌 귀국의 보호령이 된단 말씀입니까?"

윌리엄 백작이 급히 변명했다.

"그거야 바레인 토후가 요청했기 때문에 그렇게 된 것 아니겠습니까?"

대진이 분명히 밝혔다.

"미안하지만 백작님의 말씀에는 동의할 수가 없네요. 바레인의 토후는 지금까지 그에 대해 어떠한 말도 하지 않았습니다. 그리고 더 중요한 사실은 바레인에는 이제 토후가 없다는 겁니다."

윌리엄 백작이 깜짝 놀랐다.

"예? 그게 무슨 말씀입니까? 토후가 없다니요?"

"우리가 지역을 매입하면서 오스만과 협상했습니다. 그 협상에 따라 바레인과 카타르의 토후를 바스라로 이주시켰습니다. 그래서 이제부터는 우리 대한제국이 직접 통치할 것입니다."

"아아! 그럴 수가. 토후들이 순순히 이주했다는 말씀입니까?"

혼란스러워하는 윌리엄 백작을 보며 대진이 딱 잘라 말했다.

"그 문제는 오스만의 내부 사정이어서 잘 모르겠습니다. 그리고 다시 말씀드리지만 두 지역에는 지금 토후가 없다는 사실입니다. 토후가 없는 상황에서는 귀국이 주장하는 보호령도 의미가 없지 않겠습니까?"

윌리엄 백작이 다시 확인했다.

"정녕 바레인 토후가 아무 말 없어 이주에 동의했다는 말씀입니까?"

대진이 어깨를 으쓱했다.

"물론 내부적인 상황은 있었겠지요. 그런 내부 상황을 우리가 알 필요는 없는 것이고요. 우리는 그저 오스만과의 계약에 따라 그 지역을 인도받은 것뿐입니다."

"으음!"

윌리엄은 갑자기 답답해졌다. 그가 런던을 출발하면서 들었던 상황하고는 완전히 달라져 있었다.

'하아! 이게 어찌 된 상황이란 말인가. 토후들이 자신의 영지를 버리고 이주하다니. 이렇게 되면 바레인과의 보호령을 내세워서 협상을 유리하게 이끌려 했던 전략이 쓸모가 없어지잖아.'

이런 생각을 대진이 끊었다.

"그런데 윌리엄 백작께서는 무슨 일로 나를 만나러 오신 겁니까?"

윌리엄 백작은 멈칫했다.

"방금 본국의 보호령인 바레인을 귀국이 접수한 것에 대해 항의하지 않았습니까?"

대진이 정확히 맥을 짚었다.

"그것은 이유가 되지 않습니다. 귀국과 바레인이 협정을 맺은 것은 종주국인 오스만의 동의를 받지 않은 일방적인 행위에 불과합니다. 그런 협정을 우리가 인정해 주지 않으리라는 사실을 귀국이 모른다는 것은 있을 수 없는 일이고요."

대진의 핵심을 찌르는 지적에 윌리엄은 순간 답변할 말이 궁해졌다. 그는 잠시 주춤하다가 길게 한숨을 내쉬었다.

"후! 좋습니다. 그 문제는 바레인의 토후가 이주하면서 원인 무효가 되었으니 덮어 두겠습니다. 그 대신 이 점을 묻고 싶습니다. 귀국은 아라비아 동부를 매입해서 무엇을 하려는 겁니까?"

"방금도 말씀드렸지만 국익을 위해 매입한 것입니다. 그에 대한 세부 내용을 귀국에 알려 드릴 필요는 없다고 생각합니다만."

"좋습니다. 그럼 다시 질문하겠습니다. 귀국이 아라비아 동부를 매입하게 된 것이 페르시아 진출 때문입니까?"

대진이 딱 잘랐다.

"그렇지 않습니다. 아! 물론 페르시아뿐만이 아니라 주변 지역과 교역은 할 겁니다. 그렇지만 영토 욕심 때문에 진출하는 경우는 결단코 없을 것입니다."

대진이 윌리엄 백작을 바라봤다.

"귀국이 러시아의 남진을 막기 위해 페르시아에 많은 신경을 쓰고 있다는 사실을 잘 압니다. 우리 대한제국은 그러한 귀국의 정책을 적극 지지할 것입니다."

윌리엄 백작의 안색이 환해졌다.

"그 말씀은 페르시아로 진출할 생각이 없다고 해석해도 됩니까?"

"물론입니다. 필요하시다면 문서로 만들어 드릴 수도 있습니다."

"그렇게 해 주신다면야 더할 나위가 없겠지요."

대진도 조건을 제시했다.

"그렇게 해 드리겠습니다. 그 대신 귀국도 본국의 아라비아 동부 매입 사실의 인정에 대해 문서화해 주시지요."

"그 전에 귀국은 본국이 보호령이 된 지 오래인 휴전 오만은 어떻게 생각하십니까?"

"그 점에 대해서는 오스만제국도 귀국의 영향력을 인정하고 있는 상황입니다. 우리 대한제국이 영토의 경계선을 카타르반도에서 끊은 것도 그 때문이이고요. 그럼에도 오스만이 휴전 오만과의 경계를 감안해서 길게 만들었지요. 그러니 우리도 별다른 이의는 없습니다."

"본국의 권리를 인정해 준다는 말씀이지요?"

"그렇습니다."

"다행입니다. 그 부분도 문서화하시지요."

"알겠습니다."

윌리엄 백작이 확인했다.

"더 첨가하실 사안이 있습니까?"

"다른 부분은 없고 오스만의 영역에 대해서만큼은 서로 인정해 주었으면 합니다."

이 말에는 윌리엄이 주춤했다.

영국으로선 언젠가는 아랍의 오스만 지역으로 진출할 계획을 갖고 있었다. 그러나 이제는 대한제국이 아라비아 동부에 진출한 상황이었기에 이전처럼 독단적인 계획을 세울 수는 없었다.

윌리엄이 거듭해서 확인했다.

"귀국은 정말 다른 지역으로 진출할 계획이 없습니까?"

대진이 분명히 밝혔다.

"다시 말씀드리지만 본국은 그럴 생각이 전혀 없습니다. 물론 오스만이 영토를 매각하겠다면 고려는 하겠지요. 하지만 오스만이 더 이상의 영토를 매각할 리는 없지 않겠습니까?"

"그렇기는 하지요."

윌리엄이 잠깐 더 고심하다 결정했다.

"알겠습니다. 백작님의 말씀대로 그 부분도 문서화하지요."

타협이 단번에 이뤄졌다.

영국은 대한제국으로부터 중동에서 영토 확장을 하지 않겠다는 답을 얻었다. 대한제국은 영국으로부터 아라비아 동부 진출 인정과 오스만으로 진출하지 않는다는 확답을 받았다.

양측으로선 각자의 이해에 맞는 결과를 얻은 것이다. 이렇듯 양측은 서로가 원하는 바를 얻으면서 협상 내용을 공식 문서화했다.

문서는 영어와 한글로 각각 작성되었다. 문서를 교환하며 악수하는 장면을 기록사진사가 촬영했다.

펑! 펑!

아랍 지역은 술이 없다. 그 바람에 협상이 끝나자 윌리엄은 대진과 악수하고는 돌아갔다.

그를 배웅한 장태수가 기뻐했다.

"축하드립니다, 백작님. 이로써 우리의 중동 진출이 공식적으로 인정받게 되었습니다."

"그러게 말이야."

장태수가 소회를 밝혔다.

"나중에 우리가 서 있는 이 땅 밑에 어마어마한 원유와 천연가스가 매장되었다는 사실을 영국이 알게 되면 어떤 표정을 지을까요?"

대진의 얼굴에 절로 미소가 지어졌다.

"땅을 치고 아쉬워하겠지. 영국이 아무리 무력으로 아랍 지역을 보호령으로 삼고 식민지화한다 해도 자신들의 영토가 아니잖아."

"그렇지요. 언젠가 돌려주어야 할 땅이지요."

"그래, 반면에 아라비아 동부는 이제 확고부동하게 우리의 영토가 되었어. 그 차이를 나중에 영국이 알면 두고두고 배 아파할 거야."

장태수가 몇 번이고 고개를 끄덕였다. 그런 장태수의 얼굴에는 미소가 끊이지 않았다.

"영국뿐만이 아니라 유럽의 다른 나라도 마찬가지일 겁니다. 그들이 아무리 많은 식민지를 만든다고 해도 결국은 돌려줄 땅에 불과하지 않습니까?"

대진이 적극 동조했다.

"그렇지. 오스만에 직접 매입하고 토후를 이주시킨 우리와는 전혀 다르지."

"맞는 말씀입니다. 아! 이럴 때 기분 좋게 한잔했으면 좋겠는데 말입니다."

이슬람은 원칙적으로 술을 금한다.

그럼에도 지역에 따라 어느 정도의 음주를 허용하기도 한다. 그러나 아라비아 일대는 이슬람원리주의 세력이 많아 술이 금지되어 있었다.

대진이 위로했다.

"군정을 실시하다가 적당한 때를 봐서 바레인과 카타르에는 음주를 허용하도록 해."

"그래야겠습니다. 그 지역은 여기와 달리 시아파가 많다고 하더군요."

"그래, 그리고 두 지역은 섬이고 반도여서 통제가 쉬운 지역이잖아. 더구나 본격적인 개발이 시작되면 그 지역부터 사람들이 모여들 거야."

"지하자원은 나중에 개발하기로 한 거 아닙니까?"

"맞아. 하지만 각각 군수기지와 무역 지대로 만들려면 지역 자체는 개발해야지. 그리고 이곳을 비롯한 해안지대도 도로를 깔아야 하잖아."

대진의 설명을 들은 장태수는 이해했다는 듯 고개를 끄덕였다.

"통치와 개발을 위해서는 도로 확보가 필수이기는 하지요. 그리고 철도도 부설해야 하지 않겠습니까?"

"당연히 그래야겠지."

대진은 아라비아 동부에 잠시 더 머물렀다. 그러고는 중동

여단 본진이 들어와 바레인과 카타르 그리고 각지로 흩어지는 것을 확인하고서 귀향길에 올랐다.

귀국선을 탄 대진은 감회가 남달랐다. 그동안 수시로 외국을 다녀 봤지만 이번처럼 오랫동안 외유를 한 경우는 처음이었다.

일본과의 전쟁에서도 청국과의 전쟁에서도 몇 개월에 한 번씩은 집을 다녀왔다. 그러나 이번에는 본토와의 거리 때문에 반년을 훌쩍 넘겼다.

더구나 아이들도 셋이나 되었다.

그래서인지 귀국선을 타니 마음이 급해졌다.

그러나 이러한 대진의 심정을 모르는 배는 정속 운행을 하여 부산에 20여 일 만에 도착했다.

대진은 부산에서 특급열차를 타고 이틀 만에 요양에 도착했다. 그러고는 곧바로 주무부서인 외무부부터 방문했다.

외무대신 한상태가 대진을 격하게 반겼다.

"어서 오십시오, 이 백작."

"그동안 잘 지내셨습니까?"

"하하하! 잘 지내다마다요. 이 백작의 활약 덕분에 작년 말부터 지금까지 온 나라가 들썩이고 있습니다."

이러면서 은근히 목소리를 낮췄다.

"특히 우리 마군들의 기쁨은 그 어느 누구보다 크고요. 아라비아 동부가 어떤 지역인지 모르는 마군이 어디 있겠습니까?"

"그렇지요. 그래서 저도 모험을 한 것이지요."

한상태가 몇 차례 고개를 끄덕였다.

"잘하셨습니다. 처음 말씀하셨을 때는 내심 걱정이 많았습니다. 우리와 가깝지 않은 오스만이 백작님의 제안을 받아들일지 우려했고요. 그런 저의 우려를 보기 좋게 불식시키면서 협상에 성공하신 것을 보고 놀랐습니다. 그것도 곧 잉여물자가 될 소총을 넘겨주고서 말입니다."

"그래도 평정소총 20만 정은 결코 적은 숫자가 아닙니다. 그뿐만이 아니라 제작 기술까지 넘겨줘야 했고요."

한상태가 손을 내저었다.

"아이고, 그게 뭐가 대수입니까? 오스만과 우리가 전투를 벌일 일이 어디 있겠습니까? 더구나 우리가 실제로 얻은 이득은 가치를 헤아리기 어려울 정도로 엄청난데요."

대진이 싱긋이 웃었다.

"그 말씀은 맞습니다. 그래서 서슴없이 통 큰 제안을 했던 것이지요. 그리고 오스만제국이 강성해야 이번에 얻은 우리 영토가 더 확실해지는 효과도 감안했습니다."

"잘하셨습니다. 정말 잘하셨습니다. 그리고 이번에 얻는 영토를 우선은 1개의 도(道)로 편제하기로 했습니다. 명칭은 중동도(中東道)로 결정했고요. 후일 인구가 늘어나면 남도와 북도로 나누기로 했습니다."

"중동도면 위치와 이름이 딱 맞네요."

"예, 그리고 우리 대한제국이 탄생하고 최초로 백작님의 승작이 정식으로 추진되고 있습니다. 지난 하와이 진주만 할양과 이번 중동도 매입에서 활약하신 절대적인 공적을 높이 샀기 때문이지요."

대진이 곤혹스러워했다.

2장

"저의 승작이 정식으로 추진되고 있다니 얼떨떨하네요."

"어쩌면 당연한 일이지요. 이번 공적이 얼마나 중요한지 모르는 사람은 없습니다. 우리 마군 출신들은 실질 가치를 너무도 잘 알고 있고, 조선 출신들은 우리 대한제국의 강역이 넓어진 것에 대해 크게 환호하고 있는 상황입니다."

"겉으로 봤을 때는 사막과 황무지인데도요? 혹시 지하자원이 매장되어 있다는 사실이 소문난 것은 아니지요?"

한상태가 웃으며 고개를 저었다.

"하하하! 그럴 리가 있겠습니까? 조선 출신들은 아라비아 동부가 지정학적으로 요충지여서 매입 가치가 있다고 보는 겁니다."

·

"아! 그렇군요."

"그래서 내각 중신들이 뜻을 모으고 있습니다. 특히 제국 의회에서 정식으로 백작님의 공적에 대한 논의가 진행되고 있고요."

"제국 의회까지 나섰다고요?"

"예. 승작도 최초지만 의회에서 논의를 진행하는 것도 최초입니다. 그만큼 백작님의 이번 성과가 대단하다는 의미 아니겠습니까?"

대진은 승작을 바라지 않았다.

그렇다고 내각과 제국 의회가 나서서 승작을 추진하는 것을 말릴 수는 없었다. 그러나 한 가지 우려되는 사안이 있었다.

"승작을 추진하신다니 고맙기는 합니다. 하지만 황명도 없이 승작을 추진하는 것은 문제가 되지 않겠습니까? 자칫 황권에 도전하는 행태로 비칠 우려도 있고요."

한상태가 고개를 저었다.

"그 점은 걱정하지 않아도 됩니다. 그 문제 때문에 심순택 수상이 폐하를 알현해서 미리 말씀을 올렸다고 합니다."

"폐하께서 윤허를 하셨나요?"

"그렇지는 않습니다. 그 대신 나라의 대표인 제국 의회에서 승작을 논의해 보라는 하명이 있었다고 합니다. 그래서 제국 의회의 중지가 모아지면 폐하께서도 거기에 따르시겠다고요."

대진은 놀랐다.

"폐하께서 그런 결정을 하셨다니 놀랍군요."

"제국 의회의 권위를 세워 주시려고 폐하께서 그런 결정을 하신 것으로 압니다. 그래서 이번 일이 전례가 되어 앞으로 는 승작만큼은 제국 의회에서 결정하게 될 것 같습니다."

대진도 동조했다.

"그렇게 되겠네요. 봉작은 황제 폐하의 고유 권한이니만큼 손댈 수는 없겠지만 승작은 제국 의회에서 결정하겠네요."

"예, 그렇게 해서 논의가 되고 있는데 압도적으로 결정이 날 것 같습니다."

"그렇군요. 그런데 봉작을 의회에서 논의하는 나라가 있 습니까?"

"확실히 모르겠습니다. 설사 있다고 해도 별로 없을 것입 니다."

"그러게요. 공연히 제 일로 폐하의 권위가 손상을 입게 된 것 같은 생각이 드네요."

그러나 대진의 이런 생각은 기우였다.

외무부를 나온 대진은 곧바로 입궁해 황제를 알현했다. 그 러고는 지금까지의 활동 상황을 상세하게 보고했다.

대진은 오스만으로 떠나기 전.

중동의 지하자원에 대해 황제와 대원왕에게 미리 보고했었 다. 그래서 대진의 보고를 받은 황제는 진심으로 기뻐했다.

이어서 승작 문제가 제국 의회에서 논의되는 것에 대해 송구함을 표시했다.

황제는 호탕하게 웃었다.

"하하하! 이 백작이 짐의 뜻을 곡해했군요. 짐이 제국 의회에 이 백작의 승작을 논의하라고 한 것은 이유가 있어서입니다."

대진이 몸을 숙였다.

"송구하오나 그 이유가 무엇인지요?"

"봉작도 신중해야 하지만 승작은 더 신중해야 한다는 짐의 의지의 표현입니다. 그리고 적어도 이 백작 정도의 공훈을 세워야만 승작될 수 있다는 사실을 명문화하기 위해서지요."

생각지도 않은 발언이었다.

"아!"

대진이 놀라 탄성을 터트렸다, 그것을 본 황제가 웃으며 분명한 목소리로 생각을 밝혔다.

"짐은 봉작을 아주 신중하게 할 생각이지요. 다음 대의 보위를 이을 황태자에게도 그렇게 가르칠 것이고요. 짐은 우리 대한제국의 작위가 어느 나라보다 귀했으면 좋겠습니다."

황제의 뜻은 확고했다.

대진도 여기에 적극 동조했다.

"좋은 말씀이십니다. 저도 폐하의 하교에 전적으로 공감합니다."

"그리고 짐은 이제는 유명무실해진 반상 차별도 금명간 철폐를 하려고 합니다."

대진이 깜짝 놀랐다.

노비제도는 10여 년 전 이미 폐지되었다. 공업과 상업이 발전하고 징병제가 실시되면서 사농공상의 차별도 거의 없어진 상황이었다.

그러나 반상 철폐는 하지 않았다.

개혁이 급진적으로 진행되면서 대부분은 적극 동참했다. 그러나 유림 주류는 급격한 변화에 상당한 반감을 갖고 있었다.

이들은 나라의 기득권층으로 엄청난 영향력을 갖고 있었다. 그래서 노비해방 때도 상당한 반발이 터져 나왔다.

하지만 대세의 흐름이 워낙 강력해서 어쩔 수 없이 물러났었다. 그러나 반상제도는 이들 유림의 근간을 뒤흔드는 일이었다.

자칫 너무 빨리 문제를 꺼냈다가는 개혁 추진 전체가 뒤흔들릴 수도 있었다. 그만큼 조선에서 유림으로 대변되는 양반층의 힘은 무시무시했다.

그래서 마군은 기다렸다.

개혁의 역동성으로 반상제도가 절로 희석되도록 노력해 왔다. 다행히 개혁 성과가 나타나고 공교육이 실시되면서 반상제도 근간에 대한 문제의식이 급격히 대두되고 있었다.

시간이 지나면서 자발적으로 반상 철폐의 목소리는 급격

히 커져 나갔다. 그렇게 시간이 지나면서 사람들은 반상 철폐의 때가 무르익었다는 사실을 절로 깨닫고 있었다.

그 문제를 황제가 거론한 것이다.

"이제 때가 되었습니다. 그리고 국가 발전을 위해서라도 더 이상 반상 차별 철폐를 미룰 필요가 없다고 생각합니다."

대진도 적극 동조했다.

"폐하의 말씀이 맞습니다. 신분제도가 완전히 철폐된다면 국가의 성장동력은 훨씬 배가될 것입니다. 실질적으로도 유명무실해졌고요."

"그렇지요. 그래서 이번 기회에 짐이 나서 보려고 합니다. 그러니 이 백작이 이 문제를 아버지께 먼저 말씀드려 주셨으면 합니다."

대진이 즉각 고개를 숙였다.

"바로 내려가서 전하께 말씀 올리겠습니다."

"잠시만 기다리세요."

황제가 일필휘지로 친서를 작성했다. 그러고는 한 번 더 정독을 하고는 봉투에 넣어 건네주었다.

"아버지께 이 편지도 건네주세요."

대진이 조심스럽게 봉투를 받았다.

"오늘 바로 내려가겠습니다."

황제가 우려했다.

"외유를 갔다 온 분이 집에도 들어가지 않고 또 출장을 가면 짐이 불편합니다. 그러니 오늘은 집에서 보내시고 내일 내려가도록 하세요."

"아닙니다. 이런 일은 빨리 처리하는 것이 좋습니다. 그리고 배를 타고 오면서 푹 쉬어서 집은 한양을 다녀와서 가도 늦지 않습니다."

황제가 미안해했다.

"공연히 짐 때문에 또 출장을 하게 되었네요."

대진이 당당히 가슴을 폈다.

"나라를 위하는 일입니다. 그러니 조금도 성려하지 마십시오."

황제에게 인사를 마친 대진은 그길로 역으로 갔다. 그러고는 야간침대열차를 타고 밤새 한양으로 내려갔다.

이른 아침.

한양에 도착한 대진은 난감했다.

급히 내려오느라 연락도 하지 않았기 때문이다. 그 바람에 한양에 도착하니 운현궁까지 갈 길이 갑자기 막막해졌다.

그때였다.

빵! 빵!

경적 소리가 나더니 대진이 서 있는 곳으로 차가 다가왔다. 대진이 바라보니 놀랍게도 다가온 승용차는 택시였다.

대진의 눈이 휘둥그레졌다.

"아니, 택시가 언제부터 있었던 거야?"

차창이 내려지고 기사가 물었다.

"타시겠습니까?"

"그러죠."

택시기사가 급히 내려 뒷문을 열어 주었다. 대진이 택시에
타니 기사가 운전석에 탔다.

"언제부터 택시가 생긴 것입니까?"

"금년 초부터 운행을 시작했는데 한양에는 20대가 운행하
고 있지요."

"아직은 운행 초기여서 많지는 않네요. 어떻게, 손님은 많
나요?"

"크게 많지는 않지만 그래도 손해는 아닙니다."

"그런데 요금은 어떻게 받지요?"

"흥정해서 받습니다."

"여기서 운현궁까지 얼마나 받지요?"

"3전을 주시면 됩니다."

"3전이라면 반나절 품값인데 상당히 비싸군요."

운전기사가 민망해했다.

"저희도 어쩔 수 없습니다. 자동차 값도 갚아 나가야 해서
그 정도는 받아야 합니다. 그리고 대절을 하면 곱절을 받습
니다."

"차를 구매한 것이 아닌가요?"

운전기사가 펄쩍 뛰었다.

"이 비싼 차를 어떻게 돈을 주고 삽니까. 차는 은행에서 보증을 서서 5년 동안 매월 갚아 나가게 되어 있습니다."

대진은 할부금융이 도입되었다는 사실에 거듭 놀랐다. 그러나 그만큼 나라가 안정되었다는 의미도 되어서 한편으로는 기분이 좋았다.

"그렇군요. 알겠으니 가시지요."

"예, 손님."

차가 출발했다.

한양 도로에는 꽤 많은 차와 마차가 오가고 있었다. 운전기사는 마차와 맞은편 차량을 능숙하게 피해 가며 운전했다.

대진이 감탄했다.

"운전 실력이 상당히 좋네요. 운전은 어디서 익혔나요?"

"지난해 정부에서 실시한 면허를 3개월에 걸쳐 취득했습지요."

"그렇군요. 요즘 한양에 별일은 없나요?"

"한양보다 나라에 큰 경사가 있었지 않습니까?"

"무슨 경사가 있나요?"

"허허! 잘 모르시나 보군요. 아! 황실특별보좌관이며 백작이신 분이 중동이라는 곳에서 본토와 맞먹을 정도의 영토를 매입했다지 않습니까?"

"그래요?"

"예, 그 소식이 알려져서 한동안 난리였는데 요즘은 이주민을 모집한다고 또 난리입니다."

대진은 모르는 일이었다.

"벌써 이주민을 모집한다고요?"

운전기사가 바로 대답했다.

"당장 가는 것은 아니고 몇 개월 후에 한꺼번에 이주한다고 합니다. 그런데 놀랍게도 이주민들에게는 정부에서 이주 지원금도 주고 양곡도 2년 치나 지급한다고 하네요."

"그만큼 현지에 적응하기가 어렵다는 말이겠죠?"

"예, 날씨가 엄청나게 덥다고 하더군요. 농사도 짓기 어렵고요. 그래서 지원책은 좋지만 사람들이 이주를 꺼린다고 들었습니다."

"그렇군요."

그럼에도 대진은 기분이 좋았다.

"어쨌든 정부가 발 빠르게 움직이고는 있네요?"

운전기사도 격하게 공감했다.

"물론입니다. 과거였다면 부지하세월이었을 터인데 요즘의 정부는 이전과 전혀 달라요."

대진이 슬쩍 떠봤다.

"반상 철폐에 대한 말은 없습니까?"

대진은 분명 조심스럽게 운을 띄웠다. 그런데 놀랍게도 운전기사는 서슴없이 대답했다.

"당연히 있지요. 제 차를 탄 분들 대부분이 양반입니다. 상인들도 일부 있지만요. 그런 분들 중 대다수가 말씀하세요. 이제 때가 되었다고요."

"철폐할 때가 되었다는 말을 한다고요?"

"그렇습니다."

운전기사의 목소리가 높아졌다.

"사실 반상제도는 이미 허물어진 것이나 다름없지 않습니까? 솔직히 우리가 생각해도 작위 받은 분들이 진정한 양반이고 귀족이지요. 그저 허울만 있는 양반이 무슨 의미가 있겠습니까?"

대진이 놀랐다.

"아니, 이런 말을 함부로 해도 됩니까?"

"뭐, 제 말에 꼬투리를 잡을 수는 있겠지요. 하지만 저도 엄연한 양반입니다. 그런 제가 이렇게 운전을 하는데 무슨 문제가 있겠습니까?"

"아! 양반이셨습니까?"

"예, 그것도 경향사족의 유명한 벌열가문 출신이지요. 그러나 지금 세상에는 아무 필요 없는 허울이 되었습니다. 중요한 것은 내가 무엇을 하느냐, 이지요."

대진은 거듭해서 놀랐다.

그러나 더 말을 이어 갈 수가 없었다. 대화하는 도중 차가 운현궁에 도착했기 때문이다.

대진은 찻삯을 주고는 하차했다. 그것을 본 운현궁의 경비 무관이 급히 달려와 군례를 올렸다.

"충성! 어서 오십시오, 백작님."

"오랜만이네."

이때 운전기사가 차에서 내려 있었다. 그러다 무관이 인사를 하는 것을 보고는 당황해했다.

대진이 웃으며 인사했다.

"수고했습니다."

운전기사가 급히 고개를 숙였다.

"편안히 가십시오."

대진이 궁으로 들어가니 마침 대원왕이 회의를 주재하고 있었다. 대진을 본 대원왕이 환하게 웃으며 반겼다.

"오! 이게 누구야. 이 백작이 아닌가?"

"그동안 평안하셨습니까?"

"하하하! 나야 늘 여전하지. 이번에도 엄청난 공적을 세웠던데 어떻게, 건강은 괜찮은가?"

"다행히 무탈합니다."

대진은 이어서 회의에 참석한 관리들과 인사를 나눴다. 전부가 각부의 부상(副相)들로 한양 내각의 중추들이었다.

대원왕이 정리를 하려고 했다.

"오늘 회의는 여기까지 합시다."

대진이 급히 나섰다.

"전하! 폐하께서 전하께 친서를 보내오셨습니다. 그 내용이 여기 계신 분들도 알아야 할 일이니 잠깐 시간을 더 주시지요."

"그런가?"

대진이 가져온 친서를 바쳤다. 대원왕이 내용을 꺼내 읽고는 크게 고개를 끄덕였다.

"황제의 말이 맞다. 이제 때가 되기는 했다."

대원왕이 칙서를 회람시켰다.

각료 대부분은 경화사족 출신들이다.

경화사족들은 한양의 명문 거족들로 대표적인 유림 가문들이다. 그래서인지 친서를 읽었음에도 대놓고 의사를 표현하지는 않았다.

그러나 하나같이 올 것이 왔다는 표정들이었다.

대원왕이 확인했다.

"여러분의 생각은 어떠시오?"

각료 한 명이 나섰다.

"대세의 흐름을 어찌 거역하겠습니까? 전하의 하교대로 이제 때가 무르익기는 했사옵니다."

다른 사람이 나섰다.

"시기 문제였을 뿐입니다. 노비를 해방시킬 때부터 이미 일은 벌어진 것이나 다름없습니다."

모든 대신들이 동조했다.

대신들 중에는 내심으로는 못마땅한 사람도 없지는 않았다. 그러나 개혁의 흐름을 거스를 수 없다는 점을 알고 있기 때문에 대놓고 반대를 못 했다.

대원왕도 대신들의 내심을 누구보다 잘 알고 있었다. 그러나 반상 철폐는 나라의 근간을 바꾸는 국가 대사였다.

대원왕이 생각을 밝혔다.

"반상 철폐는 지금까지 양반들이 누려 온 가장 큰 기득권을 내려놓는 일이오. 그래서 개인으로 봤을 때는 솔직히 아쉬울 것이오. 그러나 아쉬워도 어쩔 수 없소. 반상 철폐는 시대적 소명이요, 과제라 할 수 있소이다. 더구나 강대국으로 되기 위해서는 반드시 없애야 할 구습이니 시기가 무르익은 지금 없애는 것이 좋소이다."

각료 한 명이 나섰다.

"옳은 하교이십니다. 나라를 위해서는 우리 같은 기득권자들이 당연히 양보를 해야지요. 하지만 제대로 된 절차를 밟아서 철폐해야만 보다 큰 명분을 얻을 수 있을 것입니다."

"허면 어떻게 하면 좋겠소?"

"제국 의회가 먼저 결의하는 것이 좋습니다. 그러고 나서 그 결과를 갖고 폐하께서 간청을 드리는 겁니다. 그래서 폐하께서 윤허하시면 명분과 실리를 모두 얻을 수 있을 것입니다."

대진도 동조했다.

"좋은 말씀입니다. 비록 간선이지만 제국 의회는 민심을

대표합니다. 그런 제국 의회에서 먼저 결의한다면 명분으로
서는 차고 넘칠 것입니다."

대원왕도 동의했다.

"옳은 말이다. 이런 일일수록 중의를 모으는 것이 좋지.
그러기에는 민심을 대표하는 제국 의회가 제격이 맞다. 허면
과인도 황상에게 그렇게 추진하자고 건의하는 것이 좋겠구
나. 경들의 생각은 어떠하시오?"

모두가 고개를 숙였다.

"그리하시옵소서."

대신들의 의견을 들은 대원왕은 회의를 마무리했다.

대신들이 나가자 대원왕이 대진을 바라봤다.

"이번에 제국 의회에서 이 백작의 승작이 논의되고 있다는
말은 들었나?"

대진이 고개를 숙였다.

"예, 귀국해서 외무대신을 뵈었는데 그때 말씀하시더군
요. 폐하께서 공식적으로 논의하라 했다고요."

"때로는 형식이 무엇보다 중요할 때가 있다. 황상도 그런
사실을 알고 있기에 제국 의회에서 이 백작의 승작을 논의하
게 했을 거다. 과인도 제국 의회에 생각을 밝혀야겠구나."

대원군은 두 통의 친서를 작성했다. 그러고는 자신을 도와
주고 있는 비서실장을 불렀다.

"여기 한 통은 황상에게 전하고, 이 한 통은 제국 의회의

장에게 전해 주도록 해라."

"예, 전하."

비서실장이 서신을 받아서 나갔다. 그가 나가자 대원왕이 대진을 바라봤다.

"과인은 이 백작이 어떻게 해서 중동의 땅을 얻게 되었는지 궁금하구나. 귀찮더라도 상세하게 저간의 사정을 설명해 보라."

대진은 그동안의 상황을 상세하게 설명했다. 대원왕은 몇 번 탄성을 터트리며 설명에 몰입했다.

"참으로 고생이 많았구나. 영국과 그런 협상을 체결한 것으로 다른 나라가 문제를 삼지 않겠는가."

대진이 상황을 밝혔다.

"지금 시대의 세계 최강대국은 영국입니다. 그런 영국의 동의를 받아 내었기 때문에 다른 나라가 본국의 아라비아 동부 매입을 갖고 문제 삼지는 않을 것입니다."

대원왕이 다른 문제를 지적했다.

"원주민들은 문제가 없겠는가? 과인이 알아본 바로는 회교도(回敎徒)들의 성정이 배타적이라고 들었는데, 괜찮겠는가?"

대진의 표정이 굳어졌다.

"솔직히 그 부분이 가장 우려스럽습니다. 그래서 불필요한 분쟁을 없애기 위해 일부러 매입했던 것이고요. 그렇지만 중동의 아랍 부족은 민족주의 의식이 아주 강합니다. 그렇기 때문에 앞으로 지속적으로 신경을 써 나가야 할 것 같습니다."

"그런 위험을 감수하면서까지 영토를 확보할 필요가 있었을까?"

"처음 보고를 드렸다시피 아라비아 동부 지하에는 어마어마한 원유가 매장되어 있습니다. 나라의 명운을 좌우할 정도로요. 그런 자원 보고를 내버려 둘 수는 없지 않겠습니까?"

대원왕이 거듭 우려했다.

"그렇기는 하다. 그렇지만 그런 자원 때문에 더 문제가 될 수도 있지 않겠는가?"

대진도 인정했다.

"그럴 가능성을 배제할 수는 없습니다. 그럼에도 영토를 매입할 정도로 원유는 국가 발전에 결정적으로 필요한 자원입니다."

"잘 해내야 할 것이다. 과유불급(過猶不及)이라고 했다. 조심하고 또 조심해라."

"지역 원주민들과의 유대를 철저히 쌓아 나가도록 조치해 두었습니다. 그리고 주민의 입장에서 군정을 실시하도록 장 여단장에게 당부해 두었습니다."

그제야 대원왕은 안심했다.

"군이라면 믿을 만하지."

"예, 맞습니다. 장 여단장이 잘해 낼 것입니다."

이날 대진은 대원왕과 오찬까지 함께하면서 많은 대화를 나눴다. 대화에는 정치는 물론 공업 발전에 관한 내용도 많 았다.

이날 오후 기차를 탄 대진은 다음 날 오전 요양에 도착했 다. 그러고는 몇 곳을 더 들러 귀국 인사와 그간의 활동을 알 리고는 집으로 돌아갔다.

대진의 아내는 아이들과 함께 대문까지 나와 기다렸다. 결혼 한 지 6년이 넘은 대진은 그동안 세 아이의 아버지가 되었다.

"아빠!"

반년을 훌쩍 넘긴 외유에 두 딸은 대진을 보자마자 달려와 풀썩 안겼다. 그러나 막내인 아들은 낯설어서인지 제 엄마의 바짓단을 잡고 쭈뼛거리고 있었다.

대진은 두 딸을 번쩍 들어서 보듬어 주었다. 그러고는 가 져온 선물을 나눠 주고는 한동안 안부를 주고받은 후 아내를 바라봤다.

눈이 마주친 처가 몸을 숙였다.

"서방님, 원로에 고생이 많으셨습니다."

대진이 그녀의 손을 잡았다.

처음에는 대진의 이런 행동에 그녀는 깜짝 놀랐었다. 그러 나 이제는 얼굴을 붉혔으나 손을 빼지는 않았다.

"혼자서 아이를 돌보느라 고생이 많았습니다."

"아닙니다. 유모가 잘해 주어서 크게 고생하지는 않았습니다."

대진은 절로 미소가 지어졌다.

처음에는 소녀 같던 아내는 어느새 세 아이의 엄마가 되었다. 그런 그녀는 이제는 완연히 성숙한 여인이 되어 있었다.

그렇게 잠시 아내를 바라보던 대진이 고개를 숙여서 아들을 바라봤다. 두 살배기 아들은 오랜만에 본 대진을 만난 탓에 제대로 눈을 맞추지 못했다.

대진이 그런 아들을 번쩍 안아들었다. 아들이 화들짝 놀라며 제 엄마를 찾았다.

"엄마!"

대진이 크게 웃었다.

"하하하! 우리 우영이가 아빠를 한동안 못 봐서 낯선가 보구나."

대진의 아내가 바로 나섰다.

"우영아! '아빠, 다녀오셨어요.' 해야지."

처음에는 당황해하던 아들은 이내 눈을 맞추고서 고개를 숙였다.

"아빠, 다녀오셨어요?"

대진이 더 크게 웃었다.

"하하하! 그래, 그동안 잘 지냈느냐?"

"예, 저는 잘 지냈습니다."

"아이쿠, 이제 제법 말도 잘하는구나."

잘한다는 칭찬에 아들의 얼굴에는 이내 함박웃음이 걸렸다. 대진은 그런 아들을 보고 몇 번을 더 웃고는 집 안으로 들어갔다.

이번 출장은 그 어느 때보다 많은 심력을 소모했다. 원유 자원을 확보해야 한다는 사명 의식이 컸기 때문이다.

오스만과의 협상도 그랬지만 처음 접한 중동의 더운 날씨도 여간 힘들지 않았다. 일 처리 과정에서 원주민 문제, 베두인 용병, 비적 퇴치 과정도 만만치 않았다.

마지막으로 영국 특사와의 협상도 결코 쉬운 일은 아니었다. 그래도 다행히 모든 일을 잘 마무리해서 귀환할 수 있었다.

결과로는 최고의 성과를 얻기는 했다. 그렇지만 모든 과정을 치르면서 의외로 많이 지쳤다. 그래서 한동안 푹 쉬었으면 했다.

황제도 이런 대진을 위해 특별 휴가를 주었다.

그러나 오래 쉬지 못했다.

사흘은 아무 생각 하지 않고 푹 쉴 수 있었다. 그런데 나흘째 되는 날 궁 내부에서 사람이 찾아왔다.

"폐하께서 급히 입궐하라고 하십니다."

"무슨 일이 있는 것인가?"

"제국 의회에서 백작님의 승작과 반상 철폐가 결의되었습니다. 폐하께서 그 문제를 논의하려고 백작님을 찾으셨사옵니다."

대진이 벌떡 일어났다.

"알겠네. 잠시 기다리게."

대진은 급히 정복을 차려입었다. 그러고는 궁 내부 관리가 타고 온 관용차를 타고 입궐했다.

대진을 본 황제가 미안해했다.

"특별 휴가까지 준 사람을 불러서 미안합니다."

"아닙니다. 충분히 쉬었습니다. 그보다 반상 철폐 사안이 의회에서 통과되었다고요?"

"그래요. 놀랍게도 절대다수의 찬성으로 통과되었지요. 아울러 이 백작의 승작은 만장일치로 결의되었고요."

"아! 그렇습니까?"

"그래서 짐이 내일 제국 의회를 방문하려고 합니다. 그 자리에서 반상제도가 철폐되었음을 공표하려고 합니다. 아울러 이 백작을 후작으로 승작하면서 작위 제도의 공고함도 알려 주려고 합니다."

대진은 황제가 왜 불렀는지 알았다.

"작위 제도를 널리 알리시려는 거로군요."

황제가 고개를 끄덕였다.

"그래요. 반상제도가 철폐되면 이제 우리 모든 신민들은 평등해집니다. 그 대신 작위를 받은 사람은 그에 합당한 예우를 받아야 한다고 생각합니다. 그래야 누구라도 나라와 황실에 충성을 다할 터이니까요."

대진도 동의했다.

"옳은 하교이십니다. 국가에 공적을 세운 사람은 누구라도 작위를 받을 수 있다는 사실이 널리 알려져야 합니다. 더하여 반상제도 철폐에 따른 혼란을 최소화하기 위해서라도 작위 제도를 적극 알리는 것이 좋습니다."

황제가 격하게 동조했다.

"역시, 이 백작은 짐의 생각을 누구보다 잘 알고 있군요. 맞습니다. 짐은 작위 제도를 적극적으로 운용해서 상대적으로 박탈감을 느끼게 될 양반들의 심중을 조금이나마 헤아려 주려고 합니다."

대진이 건의했다.

"좋은 하교이십니다. 기왕이면 법치 제도의 확립도 분명하게 알려 주셨으면 합니다. 그래야 모든 사람들이 법의 엄정함을 알고 더한층 조심하지 않겠습니까?"

황제도 인정했다.

"맞는 말입니다. 개혁 이후 그동안 우리의 인식은 많이 바뀌었습니다. 그러나 아직은 더 많은 부분이 바뀌어야지요."

"징병제도가 실시되고 공교육 제도가 도입되면서 주민들 의식도 많이 바뀌어 가고 있습니다. 혁신이라는 말이 어울릴 정도로요. 그러나 아직은 더 많은 부분이 변하고 바뀌어야 한다는 폐하의 하교가 맞습니다."

황제가 씁쓸한 표정을 지었다.

"그만큼 구태(舊態)가 많았다는 의미이지요. 이전의 우리는 참으로 우물 안의 개구리였지요."

"그렇다고 해서 한꺼번에 전부를 바꿀 수는 없었습니다. 만일 그랬다가는 극심한 혼란을 겪었을 것입니다."

황제가 적극 동조했다.

"맞는 말입니다. 개혁이 급진적이었다면 그때 당장은 좋았을 수도 있었겠지요. 하지만 그에 따른 부작용과 혼란 때문에 우리는 지금보다 훨씬 큰 대가를 치렀을 것입니다. 신민들도 둘로 나뉘어서 격렬하게 다투었을 것이고요. 그랬다면 지금의 대한제국은 언감생심이었을 겁니다."

"그랬을 것입니다."

황제가 대진을 바라봤다.

"그래도 이만큼 변화하고 바뀐 것만 해도 대단하지 않습니까?"

대진의 목소리가 높아졌다.

"당연한 지적이십니다. 폐하께서 결단을 내리셨기 때문에 지금의 대한제국이 있는 것입니다. 그리고 폐하께서 먼저 권력을 내려놓으셨기 때문에 양반들로 대변되는 기득권층들도 감히 개혁에 반대하지 못했던 것입니다."

황제가 뿌듯한 표정을 지었다.

"그랬지요. 짐이 먼저 결단을 내렸지요. 그러지 않았다면 나라가 큰 혼란에 빠질 것이 분명하니 그렇게 하지 않을 수가 없었지요. 덕분에 조선은 대한제국으로 거듭나게 되었고 짐은 이렇게 황제가 되었지요."

"예, 그렇습니다."

대진은 이날, 황제와 많은 대화를 주고받았다. 대화하는 내내 황제는 더없이 당당했으며 말에는 힘이 있었다.

다음 날.

대진은 조금 일찍 제국 의회로 갔다.

제국 의회는 의원들에게 별도의 방이 마련되어 있지 않았다. 그 대신 상임위별로 휴게실이 있어서 의원들은 이곳에서 휴식하며 회의를 준비했다.

대진은 이런 휴게실을 일일이 찾아 인사했다. 대진을 본 의원들은 하나같이 반색하며 반겼다.

축하도 쏟아졌다.

특히 대진이 속한 외무위원회에서는 중동에서의 성과를 직접 듣고 싶어 했다. 대진은 이 주문을 받아들여 날을 잡아 보고회를 갖기로 했다.

그리고 얼마 후.

의회 직원이 휴게실로 들어왔다.

"의원님들, 본회의장에 입장하시기 바랍니다. 폐하께서

도착하실 시간이 되었습니다."

의원들이 전부 본회의장에 입장했다.

본회의장은 전면에 의장단상이 있고 그 위에 황제의 옥좌가 마련되어 있었다. 대진도 모처럼 자신의 명패가 붙어 있는 자리에 앉았다.

이어서 의장단이 들어왔다. 의원들은 예의상 자리에서 일어나 의장단이 착석할 때까지 기다렸다.

의장이 마이크를 잡았다.

"모두 착석하십시오."

의장의 지시에 의원들이 앉았다.

"오늘은 황제 폐하를 모시고 제국의 미래를 바꿀 중대한 선언이 있을 예정입니다. 그러니 의원들께서는 폐하를 영접하는 데 각별히 신경을 써 주시기 바랍니다."

이어서 의회 직원이 소리쳤다.

"황제 폐하께서 입장하십니다! 모두 일어나셔서 예를 표해 주시기 바랍니다!"

대진은 다른 의원들과 같이 일어났다. 그러고는 정중히 몸을 숙여 예의를 표시했다.

뚜벅! 뚜벅!

황제가 입장해 옥좌에 앉았다.

의회 직원이 소리쳤다.

"모두 평신하십시오!"

그 말에 대진은 절한 뒤 몸을 바로 세웠다.

의장이 마이크를 잡았다.

"오늘은 영광스럽게도 황제 폐하께서 회의에 참석했습니다. 폐하의 예방을 환영하는 의미에서 진심을 다해 박수로 맞이하십시다."

짝! 짝! 짝! 짝!

순간, 우레와 같은 박수가 터졌다.

박수는 본회의장을 들썩일 정도로 컸다. 박수는 한동안 이어졌으며 황제는 손을 들어 화답했다.

"모두 착석해 주십시오."

의원들이 자리에 앉느라 잠시 장내가 소란스러웠다. 의장은 장내가 조용해질 때까지 기다렸다 다시 입을 열었다.

"지금부터 제○○차 임시회의, 제○일째 회의를 시작하겠습니다. 먼저 국민의례가 있겠습니다. 의원 여러분께서는 자리에서 일어나 주십시오."

의례는 순서에 따라 진행되었다. 의례가 끝나고 다시 의원들이 착석하자 의장이 다시 나섰다.

"첫 번째 안건입니다. 우리는 얼마 전부터 모든 의원들이 참석한 가운데 반상제도에 대한 열띤 논쟁을 벌였습니다. 그리고 이어진 표결에서 거의 만장일치에 가까운 압도적인 찬성으로 폐지를 의결했고요. 이에 폐하께서 영광스럽게도 본회의장으로 거둥하셔서 반상제도 철폐를 만천하에 공표하실 것입니다. 우리 모두 다시 한번 더 열렬한 박수로 폐하를 영접하도록 합시다."

이어서 엄청난 박수가 다시 터졌다. 황제는 열렬한 박수를 받으며 마이크 앞에 섰다.

박수는 한동안 진행되었다. 황제는 그런 박수가 끝날 때까지 잠깐 기다렸다가 준비된 원고를 펼쳤다.

"우리 대한제국은 수천 년 동안 신분제도를 유지해 왔습니다. 그런 신분제도는 시대와 사회가 발전했음에도 그동안 전혀 변화하지 않았습니다. 그러다 대대적인 개혁과 함께 노비제도가 철폐되면서 국가 발전에 큰 동력을 얻게 되었지요. 그로 인해 우리 대한제국은 청나라를 누를 정도로 강대국으로 성장했습니다."

황제가 잠깐 의원들을 바라봤다.

"이에 짐은 용단을 내려 모든 신민이 차별받지 않도록 반상제도를 철폐할 생각으로 이 문제를 의회에 부의했습니다. 다행히 제국 의회에서 본 안건의 중대성을 심각하게 인식한 덕분에 압도적인 찬성으로 철폐를 통과시켰지요."

황제가 다시 말을 멈추었다.

"그래서 짐은 이 시간부로 신분 차별의 완전한 철폐를 선언하는 바입니다."

펑! 펑! 펑!

관람석에서 대기하고 있던 기자들이 동시에 플래시를 터

트렸다. 황제는 플래시 세례에 잠깐 흔들렸으나 이내 담담히 원고를 읽어 내려갔다.

"앞으로 우리 대한제국에서는 그 누구라도 신분 때문에 차별받는 일이 없어야 합니다. 아울러 그러한 일이 발생하지 않도록 관계기관에서는 관련 법령과 규정을 세세히 제정해야 할 것이고요."

대진은 감회가 새로웠다.

'드디어 개혁의 새로운 지평이 열리게 되었다. 제국 의회가 결의하고 황제가 선포하면서 신분 차별은 완전히 철폐되었어. 이로써 순차적인 개혁 추진에 방점이 찍혔어.'

황제의 연설이 이어졌다.

"……지금까지 우리는 착실하게 내실을 다져 왔습니다. 그래서 이제는 보다 강력하고 확실한 성장전략을 추진해도 될 정도가 되었습니다. 그러한 와중에도 꾸준하게 외연을 확장해 왔지요. 그런 노력이 또 한 번 결실을 거두며 중동 지역에 영토를 확보하는 쾌거를 이룩하게 되었지요."

모두의 시선이 대진에게 쏠렸다. 대진은 그런 시선을 받으며 공손히 몸을 숙였다.

"짐은 이번에 매입한 지역을 중동도(中東道)로 명명했습니다. 그러니 내각은 다양한 정책을 실시해서 우리 국민들의 이주를 적극적으로 지원해 주기를 바랍니다."

황제가 대진을 바라봤다.

"이번 중동도 매입에 결정적 역할을 한 사람은 이대진 백작입니다. 이 백작은 진주만 매입에도 결정적 공훈을 세웠지요. 짐은 그러한 이 백작을 제국 최초로 승작하려고 제국 의회에 논의를 지시했습니다. 다행히 만장일치로 승작이 결의되어 오늘 짐은 이 백작에게 훈장을 비롯한 작위를 수여하려고 합니다."

이때 누군가가 먼저 박수를 보냈다.

그것을 시작으로 모든 사람들이 박수를 보내며 대진의 승작을 환영해 주었다. 대진은 황제를 비롯한 의원들에게 몇 차례 인사하며 감사를 표했다.

곧이어 황제의 연설이 끝났다.

의회 직원이 소리쳤다.

"이대진 의원께서는 폐하께서 계시는 2층으로 올라가시기 바랍니다!"

대진이 자리에서 나와 의석을 가로질렀다. 그러고는 의장단의 옆에 있는 계단을 통해 황제의 옥좌가 있는 2층으로 올라갔다.

황제가 웃으며 반겼다.

"어서 오세요, 이 백작."

"황감하옵니다, 폐하."

궁 내부 관리가 대진을 황제 앞으로 인도했다. 황제가 관리가 건네주는 임명장을 받아 들었다. 그러자 대기하고 있던 의회 직원이 대독했다.

"임명장! 백작 이대진을 그간의 공적을 인정해 후작으로 임명한다."

임명장이 수여되고 황제가 대진에게 훈장을 걸어 주었다. 훈장은 대한제국훈장 중 민간에게 수여하는 국민훈장의 1등급인 무궁화장이었다.

승작의 서임과 국민훈장을 수여받은 대진이 정중히 몸을 숙였다. 그러고는 몸을 돌려 제국 의회 의원들에게도 인사했다.

또다시 박수가 터져 나왔다.

대진은 의회 의원들의 박수세례를 받으며 자신의 자리로 돌아왔다.

이날 오후.

모든 신문이 호외를 발행했다.

발행된 호외의 1면은 반상제도 철폐 소식이 장식했다. 이어서 철폐되는 신분제도로 인해 달라지는 사회와 미래의 희망을 게재했다.

그리고 대진의 후작 승작에 대한 내용도 지면의 상당 부분을 채웠다. 그러면서 작위 제도에 대해서도 논평까지 실으며 깊은 관심을 보였다.

대한제국의 신분 철폐 소식은 해외에서도 상당한 이슈가 되었다.

후작이 된 대진은 지위도 달라졌다.

지금까지는 황실특별보좌관이었지만, 후작으로 승작하며 황실고문이 되었다. 아울러 칙명으로 궁 내부 소속 비서도 처음으로 몇 명이 배정되었다.

후작이 된 다음 날.

대진은 손인석의 자택을 찾았다.

"어서 오게."

"그동안 평안하셨습니까?"

손인석이 너털웃음을 터트렸다.

"허허허! 나야 하루가 늘 그렇지 뭐. 그리고 이번에 승작한 거 축하해."

"감사합니다, 공작님."

손인석은 지난해 말, 모든 사람의 만류를 물리치고 공식 지위를 모두 사퇴했다. 그러고는 대한그룹 회장의 자리만 유지한 채 유유자적하고 있었다.

대진이 아쉬워했다.

"귀국해서 공작님께서 공직을 사퇴하셨다는 말을 듣고 깜짝 놀랐습니다. 아직은 저희들을 위해서라도 현역에서 더 많은 가르침을 주셔야 하지 않겠습니까?"

손인석이 고개를 저었다.

"내 나이가 벌써 칠십이야. 이 나이면 일선에서 물러날 때가 되었어. 그리고 내가 적당한 때 물러나 줘야 그게 선례가 되잖아."

"하지만 앞으로 할 일이 너무도 많지 않습니까?"

"그건 꼭 공직이 아니어도 충분해. 그리고 형식적이지만 대한그룹 회장직을 맡고 있잖아."

"그럼 공직을 사퇴하셨으니 회사 업무에서라도 적극적으로 도움을 주십시오."

손인석이 고개를 저었다.

"아니야. 회사도 나는 조정자의 역할만 해도 충분해. 지금은 내가 나서서 이런저런 말을 하지 않아도 회사가 엄청나게 발전하고 있잖아. 그에 따라 무역량도 폭발적으로 늘어나고 있고."

대진도 인정했다.

"그건 그렇습니다. 대한무역의 수출 금액이 전년에 비해 30% 이상 성장을 했습니다. 금년에도 그만큼의 성장이 예상되고요."

손인석이 크게 기뻐했다.

"바로 그거야. 그동안 모두의 노력으로 경제 발전의 기틀을 확고하게 만들었어. 이제는 그렇게 구축된 기반을 바탕으로 폭발적인 성장을 구가하면 돼."

그렇게 말하는 손인석의 목소리는 자신만만했다.

3장

대진이 은근히 우려를 나타냈다.

　"저도 지금처럼만 성장한다면 더 바랄 게 없다는 생각이 들기는 합니다. 그러나 한편으로는 고도성장에 따른 역효과도 걱정됩니다. 기록에 따르면 유럽도 그렇지만 미국도 수시로 불황과 호황이 반복되었다고 합니다. 그런데 우리는 아직은 불황을 견뎌 낼 경제적 체력이 약하지 않습니까?"

　손인석이 고개를 저었다.

　"아직은 그런 걱정은 하지 않아도 돼. 그리고 적어도 10년간은 고도성장을 구가해야 해. 그래야 그나마 유럽 각국과 어깨를 나란히 할 수가 있어. 불황에 대한 걱정은 그 이후에 해도 늦지 않아. 무엇보다 우리에게는 마지막 비상금이 있잖아."

"청국과 일본의 배상금 말입니까?"

"그래, 일본의 지급유예 요청으로 우리는 금세기 말까지 배상금을 받을 수 있잖아. 청국도 그와 비슷하게 받아 낼 것이고. 그 자금만 잘 운용해도 웬만한 난국은 어렵지 않게 타개해 나갈 수 있을 거야. 더구나 영국 회사로부터 도입한 투자자금도 아직 충분하잖아."

"그건 그렇습니다."

"그런 내외의 발판을 딛고 신기술을 부지런히 쏟아 내야해. 그렇게 개발해 낸 신기술로 유럽이나 미국보다 항상 한발 앞서가야지. 금세기 말까지 그렇게만 해 나간다면 우리 제국은 당당한 최강대국의 반열에 우뚝 설 수가 있어."

"선진사회도 구축할 수도 있고요."

"당연히 그렇게 되겠지."

손인석이 차를 한 모금 마셨다.

"아! 그리고 이달 말에 경유기관차 시승식이 있는 것은 알고 있나?"

대진이 반색했다.

"오! 드디어 경유기관차가 완성되었습니까?"

"그래, 이 후작이 중동에 있었기 때문에 아직 그 소식을 못 들었구나."

"그렇습니다."

손인석이 탁자 위의 서류를 넘기다가 초대장을 찾아 건넸다. 그것을 받아 본 대진의 얼굴에 만감이 교차되었다.

"정말 축하할 일이네요. 진동만 자동차연구소장이 10년 넘게 고생했는데 드디어 결실을 보게 되었어요."

"그러게 말이야. 나도 몇 번을 찾아갔는데 진 소장의 집념이 참으로 대단하다는 것을 많이 느꼈었지."

"예, 대단한 사람입니다. 러시아와의 영토 교환 협상이 끝났을 때는 반드시 자신이 만든 경유기관차로 대륙종단철도를 운행하겠다는 결의가 대단했습니다. 그런 결의가 결국 이런 결실을 만들게 하네요."

"그렇지. 그런데 러시아와의 대륙종단철도는 언제부터 부설을 할 수 있지?"

"노선을 측량 중에 있으니 내년 초부터는 공사를 시작할 수 있을 것입니다."

"양쪽에서 동시에 공사를 시작한다고?"

"공기 단축을 위해서 그러기로 했습니다."

"노선도 두 곳으로 정하기로 양해각서를 체결했다고 했지?"

대진이 설명했다.

"그렇기는 합니다. 그런데 러시아와는 철도부설을 합작하자는 합의만을 본 것이었습니다. 그래서 공사를 진행하려면 본격적인 협상을 다시 해 봐야 합니다. 자본을 어떤 방식으로 투자할지에 대해서요. 우리야 투자자금이 부족하지 않지만 러시아의 상황이 어떤지는 아직 모릅니다."

"그래도 대략적인 합의를 보지는 않았어?"

"그렇기는 합니다. 우리가 기술을 대고 그들이 토지와 인력을 대기로 했지요. 그리고 철로를 비롯한 기자재는 공동으로 투자하기로 했습니다."

"철로와 기자재 정도는 러시아가 공동으로 투자할 수 있겠지?"

대진이 고개를 저었다.

"솔직히 확신할 수는 없습니다. 협상 당시 베베르 공사의 말에 따르면 러시아는 자체 자본이 없어서 로스차일드 자본의 투자를 받아서 대륙종단철도를 부설하려고 했답니다."

손인석이 확인했다.

"대륙종단철도 중 시베리아 동부 방면 노선은 러시아만의 예산으로 깔아야 하잖아."

"원칙적으로는 그것이 맞습니다. 우리 노선과 만나는 이르쿠츠크 동쪽은 전부 러시아 전용 노선이니까요."

손인석이 우려했다.

"그 노선은 공사하기도 힘들지만 길이도 전체의 절반 정도인데. 음! 아무래도 우리에게 많은 부분을 의지할 수도 있겠구나."

"그럴 가능성이 높습니다."

"잘 협상해 봐. 대륙종단철도는 우리에게도 중요하지만 북해도를 경영하려는 러시아에게는 무엇보다 중요한 철도잖아."

"예, 공작님."

손인석의 저택을 나온 대진은 인사를 다니느라 며칠의 시간을 보냈다. 그러고는 한동안 대한무역과 황실 집무실을 오가며 시간을 보냈다.

6월 말.
대진은 비서들과 남포로 내려갔다.
경유기관차의 시승식에 참가하기 위해서였다. 대진이 탄기차에는 행사에 참여하는 인사들이 다수 동승해 있었다.
식당 칸에서 그들을 만난 대진은 그들과 한담을 하며 시간을 보냈다. 그러고는 침대칸에서 하루를 보내고 평양역에 도착해서 열차를 갈아타고서 남포까지 내려갔다.
남포역에는 자동차가 대기하고 있었다. 대진과 행사 참석자들이 밖으로 나오니 의전을 맡은 회사 직원이 달려왔다.
"어서 오십시오, 후작님."
"고생이 많네요. 너무 늦지는 않았지요?"
"아닙니다. 아직 시간이 많습니다."
회사 직원이 차 문을 열었다.
"타십시오. 차가 후작님을 행사장까지 모실 것입니다."
행사장은 남포역에서 얼마 떨어지지 않은 곳에 있었다. 대진이 차에서 내리니 행사의 주최자인 진동만 자동차연구소장이 기다리고 있었다.
대진이 반갑게 손을 내밀었다.

"축하드립니다, 소장님."

"감사합니다. 먼 길을 오시느라 고생이 많았습니다."

"다른 행사도 아니고 그토록 고대하던 경유기관차 시승식이지 않습니까? 당연히 와야지요."

진동만이 진심을 담아 고개를 숙였다.

"말씀만 들어도 감사할 따름입니다. 가시지요. 다른 분들도 중요하지만 후작님만큼은 제가 직접 모시겠습니다."

"고맙습니다."

걸음을 옮기며 대진이 질문했다.

"경유자동차도 생산이 가능합니까?"

진동만이 크게 고개를 끄덕였다.

"그렇습니다. 오늘 행사에는 선을 보이지 않지만 경유자동차도 기본 골격은 이미 완성을 봤습니다."

"오! 다행이군요. 그렇다면 이제 대형 차량도 제작이 가능하겠군요."

"물론입니다. 이미 화물차 생산 라인을 만들어 두었습니다. 부품 수급이 문제이지만 그런 준비 과정만 끝나면 정식으로 차량 생산이 가능합니다."

그 말에 대진은 대단히 흡족해졌다.

"좋군요. 휘발유에 이어 경유자동차라니. 이 정도면 서양과는 적어도 한 세대는 앞섰다고 해도 과언이 아닙니다."

진동만도 적극 동조했다.

"그렇습니다. 그리고 이번에 증기터빈도 완성을 했습니다. 그래서 선박 기관도 경유기관으로 교체할 수가 있게 되었습니다."

대진의 얼굴에 미소가 걸렸다.

"속도는 제대로 나오겠지요?"

진동만이 아쉬운 표정을 지었다.

"속도는 좀 더 보완이 필요합니다. 지금이라면 20∼25노트는 충분히 낼 수 있을 것입니다. 그 이상은 시간이 필요하고요."

"지금은 그 정도만 해도 충분합니다. 증기터빈을 장착한 선박은 있나요?"

"그렇습니다. 이번에 완공되는 3,000톤급 구축함에도 전부 장착했습니다."

대진이 크게 기뻐했다.

"그거 아주 잘되었군요."

대화를 나누는 사이 행사장에 도착했다. 진동만이 행사장의 입구에서 걸음을 멈췄다.

"여기서부터는 우리 직원이 안내를 할 것입니다. 저는 다른 귀빈들을 모셔야 해서 이만 돌아가 보겠습니다."

"감사합니다."

직원의 안내를 받아 간 행사장 귀빈석에는 낯익은 사람들이 많이 있었다. 그들 중 외국 공사를 비롯한 외교관들도 다수 참석해 있었다.

대한제국에 주재하는 외국 특파원들의 모습도 몇몇이 눈에 띄었다. 대진은 그들과 반갑게 인사를 나누고는 국방대신 장병익의 옆에 앉았다.

장병익이 질문했다.

"요즘 어떻게 지내고 있어?"

"모처럼 회사 업무에 집중하고 있습니다. 시간 나면 황궁도 들러 업무를 보고 있고요."

"쉬어도 쉬는 게 아니네."

대진이 환하게 웃었다.

"저 같은 사람은 이 정도면 쉬는 거지요."

장병익은 누구보다 대진의 지난 행보를 잘 알고 있었다. 그래서 그도 웃으며 질문을 이어 갔다.

"수출량이 폭증하고 있다면서?"

"예, 그렇습니다. 우리 대한무역도 그렇지만 다른 회사들도 지난해보다 증가세가 훨씬 가파릅니다."

"좋은 현상이다. 그런데 아직도 금의 유입량이 많나?"

대진이 고개를 끄덕였다.

"그렇습니다. 청국과 일본에서의 배상금은 전부 금으로 입금되고 있습니다. 상해의 호광용과의 거래도 대부분 금이고요."

"청국도 대단해. 호광용과의 거래가 10년이 넘었는데도 아직까지 금으로 결제하다니 말이야."

대진도 인정했다.

"예, 저도 많이 놀라고 있습니다. 교역을 하면서 청국의 저력을 새삼 느끼는 중입니다."

"지금도 그렇지만 앞으로도 거래에 대해 문제가 없을 거라고 예상하는 거야?"

"그렇습니다. 청국에서 금은 귀금속에 지나지 않습니다. 그래서 호광용도 금 매입에는 별 어려움을 느끼지 않고 있다고 합니다. 더구나 요즘 들어 금광이 속속 발견되고 있어서 앞으로도 교역 대금 지급은 문제가 없을 것 같습니다."

"좋은 현상이네. 유럽은 어때?"

"유럽도 직접 교역에서는 무역대금을 금을 받고 있습니다. 하지만 동아시아의 기축통화가 스페인 은화이다 보니 영국도 별도의 무역은화를 주조하려고 합니다. 프랑스와 미국은 이미 무역은화를 제작해서 사용하고 있고요. 아! 그리고 일본도 무역은화를 제작해서 사용하는 중입니다."

장병익이 놀랐다.

"일본도 무역은화를 발행했어?"

"그렇습니다."

"대단하네. 패전해서 경제가 좋지 않음에도 교역을 위해 무역은화를 발행하다니."

"전쟁 이전에 이미 교역을 위해 발행했더라고요. 그러다 전쟁이 터지면서 발행이 중단되었는데 근래 들어 다시 발행하고 있는 것으로 압니다."

"일본도 회생을 위해 전력을 다하고 있구나."

"그렇습니다."

"그런데 교역 대금으로 금을 받게 되면 그것을 노린 해적들이 문제를 일으키지 않나?"

"몇 번 그런 경우가 있기는 했습니다. 그때마다 압도적인 화력으로 수장시켜서 근래에는 그런 경우가 없는 것으로 압니다. 그리고 인도양과 말라카 해협에 나가 있는 우리 함정들이 대응을 잘해 나가고 있고요."

"그래도 조심해. 우리가 자초한 경향이 없지 않지만 우리 주변 바다에서도 수시로 해적이 출몰하고 있잖아."

"그렇게 하겠습니다."

잠시 후.

진동만과 회사 관계자들이 단상으로 올라왔다.

그런 그들의 뒤에는 천을 높게 쳐져 있었다.

"지금부터 경유기관차 발표회와 시승식을 거행하겠습니다. 내외귀빈 여러분께서는 모두 전면을 주목해 주시기 바랍니다."

이어서 본격적인 행사가 시작되었다.

국민의례로 시작된 행사는 축사에 이어 경과보고로 이어졌다. 축사는 제국 의회의장이 했으며 경과보고는 개발을 담당한 진동만이 했다.

"우리 자동차연구소는 경유기관을 개발하기 위해 10년이 넘는 노력을 기울여 왔습니다."

경과보고는 한동안 이어졌다.

초대를 받은 참석자들은 진동만의 보고에 귀를 기울였다. 세계 최초이며 증기기관차를 대체할 수 있는 혁신적인 물건이었기 때문이다.

"……이번에 개발된 경유기관차는 최고 속도가 시속 100킬로미터를 넘겼습니다."

순간 장내가 술렁였다.

기존 증기기관차의 최고속도를 2배 가까이 추월했기 때문이다.

"그러나 이게 끝이 아닙니다. 우리 자동차연구소는 10년 내로 150킬로미터에 성공할 것이며, 다가오는 20세기 초에는 200킬로미터의 속도까지 달성할 것을 자신합니다."

"와! 대단하다."

"말만 들어도 가슴이 웅장해진다."

"놀랍구나. 한국의 기술력이 이토록 뛰어날 줄은 몰랐어."

참석자들은 술렁이다가 이내 박수로 화답했다. 그렇게 시작된 박수는 한동안 멈추지 않았다.

진동만은 벅찬 표정을 숨기지 않았다.

기관차는 이 시대 최첨단의 산물이다.

세계 최초로 철도를 개발한 영국은 철도가 상용화되면서

최강대국이 되었다. 다른 유럽 제국들도 철도를 부설하면서 산업 발전이 급속히 진행되었다.

철도의 백미는 미국이다.

영토가 넓은 미국은 독립 이후에도 각 지역이 거의 개별 국가나 다름없었다. 그러다 철도가 부설되면서 국가의 통합성과 정체성이 만들어졌다고 해도 과언이 아니었다.

특히, 남북전쟁에서 북부가 승기를 잡을 수 있었던 것도 철도 덕분이었다. 북부는 촘촘히 깔려 있던 철도를 적극 활용해 보급과 병력 수송에서 우위를 점할 수 있었기 때문이다.

남북전쟁 이후 미 대륙의 철도부설에는 가속이 붙었다. 이렇게 깔린 철도 덕분에 미국은 강대국으로 급성장할 수 있었다.

사정은 대한제국도 마찬가지였다.

대한제국은 개혁 초기부터 철도를 적극적으로 도입했다. 처음에는 기술력이 부족해 영국 등지에서 기술자를 초빙해 오기도 했다.

그렇게 시작된 철도는 불과 10여 년 만에 주요 노선을 모두 부설할 수 있었다. 덕분에 이제는 간선과 지선 선로를 부설해 나가고 있었다.

더하여 대륙종단철도 공사도 앞두고 있었다.

마군은 철도를 국가 발전의 근간으로 판단했다. 그래서 국가 역량과 미래 지식을 총동원했다.

여기에 일본 포로 노동력이 큰 역할을 하면서 엄청난 성과를 거둘 수 있었다.

　이런 철도와 함께 대한제국은 유럽과 미국처럼 급성장할
수 있었다. 여기에 미래 지식으로 철도를 효율적으로 관리하
면서 몇 배의 효과를 거두고 있었다.

　그리고 오늘.

　시대를 앞선 경유기관차가 첫선을 보였다.

　진동만이 손을 들어 가리켰다.

　"바로 이것이 이번에 완성한 경유기관차입니다."

　그의 말이 끝남과 동시에 걸려 있던 천이 내려왔다. 그런 천
의 뒤편에서 날렵하게 생긴 경유기관차가 위용을 드러냈다.

　사람들이 탄성을 터트렸다.

　"오오!"

　"증기기관차하고는 전혀 다르게 생겼어."

　"그러게 말이야. 바퀴의 크기가 엄청나게 차이가 나. 굴뚝
도 어디 있는지 보이지도 않고."

　경유기관차는 유선형으로 생겼다. 이 또한 진동만이 갖고
있던 미래 지식이 만들어 낸 산물이었다.

　진동만이 설명했다.

　"이 열차는 보시는 대로 전면부가 유선형으로 생겼습니다.
그래서 공기의 저항을 최대한 적게 받도록 만들어졌습니다."

　그의 설명은 한동안 이어졌다.

　설명을 듣는 대진은 감회가 새로웠다.

"이제는 한 고비를 넘긴 것 같습니다. 이제 육지에서는 경유기관차가, 바다에서는 경유기관선박이 활개를 칠 수 있게 되었습니다."

장병익도 적극 동조했다.

"맞아. 이제부터 제대로 된 시작이야."

회사 직원이 안내했다.

"지금부터 시승식을 거행할 예정입니다. 참고로 이 경유기관차는 요양까지 운행할 예정입니다. 그러니 탑승을 원하는 분들은 차례로 객차에 승차해 주시기 바랍니다."

대진이 일어났다.

"가시지요. 경유기관차가 요양까지 간다고 하니 잘되었습니다."

장병익도 일어났다.

"그래, 함께 타고 올라가 보자."

대진은 철로로 다가갔다. 그러고는 다른 사람들과 함께 경유기관차의 외양을 한동안 살폈다.

"날렵하게 만들었네요. 이 정도면 기관의 출력 증가를 조금만 더 연구한다면 속도가 쉽게 올라가겠습니다."

장병익도 대진의 말에 동조했다.

"보기 좋은 것이 맛도 좋다고. 기관차의 외형만 봐도 공기 저항을 거의 받지 않겠다."

펑! 펑!

행사에 참석한 많은 기자들은 연신 사진기의 플래시를 터뜨렸다. 그런 모습을 잠시 바라보던 대진이 장병익과 함께 승차했다.

빵!

이윽고 사람을 모두 태운 기차가 출발했다. 경유기관차는 증기기관차 특유의 덜컹거리는 진동음과 수증기 소리를 내지 않고 부드럽게 출발했다.

출발한 기관차는 이내 속도를 올렸다. 대진은 시간이 지날수록 속도감을 느낄 수 있었다.

"상당히 빠르네요. 이 정도 속도라면 100킬로미터에 육박하겠습니다."

"그러게. 증기기관차와는 속도감에서 확연히 차이가 나네."

이때 진동만이 다가와 앉았다.

"어떻게, 속도감이 느껴지시나요?"

대진이 바로 대답했다.

"예, 증기기관차와 비교하면 상당하네요."

"실제 속도가 2배 정도지만 체감하는 속도감은 훨씬 더하실 겁니다."

대진이 그를 위로했다.

"그동안 고생이 많으셨지요?"

진동만이 고개를 저었다.

"이렇게 어려울 줄은 몰랐습니다. 평생은 만져 온 기관이어서 쉬울 줄 알았는데 아니었습니다. 솔직히 두 번 하라면 못할 정도로 힘들었습니다."

장병익이 끼어들었다.

"기반 기술이 워낙 없어서 힘들었지요?"

"그렇기도 하지만 저희가 너무 쉽게 덤벼들었던 것도 문제였습니다. 개발 과정에서 열 번도 넘게 엔진을 박살 냈을 정도니까요."

대진이 나섰다.

"이번의 성공으로 우리나라의 기계공업은 한 단계 도약했다고 봐야겠지요?"

진동만이 자신했다.

"물론입니다. 내연기관은 기계공학의 결정체라 해도 과언이 아닙니다. 휘발유기관에 이어 경유기관까지 개발에 성공했으니 정밀기계공업은 앞으로 고도성장을 구가하게 될 것입니다."

장병익도 동조했다.

"맞은 말입니다. 국방과학연구소에서 개발되고 있는 다양한 군사 무기도 우리나라의 기계공업을 크게 성장시키고 있지요."

대진이 질문했다.

"경유기관차로 요양까지 얼마나 걸릴까요?"

"남포에서 요양까지 대략 500킬로미터입니다. 이 기관차의 평균 시속이 80킬로미터이니, 6시간 30분 정도 걸립니다."

"기존 증기기관차의 딱 절반이군요."

"그렇습니다."

"서양 외교관들이 많이 놀라겠습니다."

진동만도 적극 동조했다.

"맞는 말씀입니다. 유럽도 그렇지만 미국도 자신들로서는 아직까지 생각지도 않았던 기관차일 터이니까요."

"특허는 전부 획득했지요?"

"지난해 이미 관련 특허는 전부 취득했습니다. 거기에 부족한 것들은 이번에 다시 신청할 것이고요."

장병익이 궁금해했다.

"특허를 취득했으면 20년이 독점 아닌가요?"

"나라마다 조금씩 다르지만 대략 그렇습니다."

장병익이 기대감을 내비쳤다.

"20년이면 엄청난 시간인데, 외국에서 이 기관차의 도입을 검토하겠네요."

진동만도 기대감을 숨기지 않았다.

"우선은 지켜볼 겁니다. 그러다 2~3년 지켜보고 이상이 없다면 도입을 적극 검토할 것으로 예상됩니다. 증기기관차는 연료 공급도 문제지만 물도 수시로 공급해야 하는 어려움이 있습니다. 그에 반해 속도나 힘에서도 경유기관차가 월등히 좋지요."

대진도 적극 거들었다.

"말씀만 들어도 기분이 좋네요. 그러기 위해서라도 우리나라 기관차를 최대한 빨리 경유기관차로 교체해야겠네요."

"좋은 지적이십니다. 우선은 총력을 기울여 2년 내로 국내 운행되는 증기기관차를 전부 교체할 예정입니다. 그러면서 생산 시설도 대폭적으로 확충할 것이고요."

대진이 흡족한 표정을 지었다. 이후 세 사람은 철도산업에 대해 다양한 대화를 주고받았다.

푸트 미국공사는 자국의 철도산업에 남다른 자부심을 갖고 있었다. 미국은 유럽보다 철도 도입이 늦었음에도 유럽 전체보다 철도노선이 많다.

그러한 철도 보급 덕분에 미국은 급속하게 발전할 수 있었다. 푸트 공사는 그래서 이번 행사에 누구보다 많은 관심을 갖고 있었다.

푸트 공사는 경유기관차에 관한 설명에 크게 놀랐다. 그리고 직접 시승하면서 놀라움은 이내 감탄으로 바뀌었다.

이는 베베르 공사도 마찬가지였다.

러시아는 유럽의 다른 나라에 비해 철도 도입이 상대적으로 늦었다. 그러나 영토가 넓은 러시아는 어느 나라보다 철도가 필요했다.

특히나 시베리아 방면은 그 어느 곳보다 철도부설을 하고 싶어 했다. 그래서 대한제국과의 영토 교환 협상 때도 철도 합작에 적극적이었다.

베베르 공사는 차창으로 지나치는 바깥 풍경을 보며 연신 감탄했다.

"놀랍습니다. 이렇게 빠른 기관차를 한국이 만들어 내다니요."

맞은편에 앉아 있던 푸트 공사도 적극 동조했다.

"그러게 말입니다. 본국은 철도노선은 많지만 기관차의 속도는 아직 20여 킬로미터에 불과합니다. 그 바람에 종종 갱들의 표적이 되고는 하지요. 그런데 100킬로미터라니, 이건 거의 혁명이나 다름없습니다."

베베르 공사가 질문했다.

"미국에는 갱단이 많습니까?"

푸트 공사가 씁쓸한 표정을 지었다.

"우리 미합중국의 서부는 대부분이 거친 땅입니다. 그런 서부에서 살아남기 위해서는 자연스럽게 무장할 수밖에 없지요. 그러다 보면 부랑자들이 의기투합해서 갱이 되는 일이 다반사고요."

베베르 공사가 고개를 끄덕였다.

"땅이 거칠면 사람도 거칠어지지요. 우리 러시아도 시베리아 일대에서는 종종 비적들이 나타나고는 한답니다. 중앙아시아 초원도 마찬가지고요."

"아! 맞습니다. 러시아는 우리보다 땅이 더 넓어서 갱단이 더 자주 출몰하겠네요."

"그렇습니다."

두 사람은 순간 동병상련을 느꼈다. 그러다 보니 자연스럽게 목소리도 훨씬 부드러워졌다.

푸트 공사가 질문했다.

"그런데 귀국은 한국과 대륙종단철도를 부설하기로 합의하지 않았습니까?"

베베르 공사가 인정했다.

"예, 그렇습니다. 지난해 영토 교환 협정을 체결하면서 합의를 했었지요. 그러나 본국 내부의 문제로 아직은 합작 방식 문제를 확실하게 정리하지는 않고 있습니다."

"그렇다면 이번을 기회에 서두르는 것이 좋겠네요. 생각해 보십시오. 이렇게 빠른 기차가 시베리아를 달린다면 얼마나 시간이 단축되겠습니까?"

푸트 공사의 말에 베베르 공사가 동의했다.

"맞는 말씀입니다. 증기기관차보다는 무조건 2배 이상 빠르겠네요. 방금 말한 대로라면 한국에 넘긴 블라디보스토크에서 모스크바까지 닷새면 충분히 도착하겠더군요. 중간중간 기착한다 해도 일주일이면 충분할 것이고요."

"대단하네요. 이전에는 열흘 이상을 예상했나 보군요."

"그렇습니다. 미국도 영토가 넓어서 경유기관차를 도입하는 것이 훨씬 효율적이지 않습니까?"

푸트 공사도 인정했다.

"맞습니다. 우리 미합중국도 이런 기관차가 도입되면 물류 수송이 획기적으로 변화하겠지요. 그래서 요양에 주재하는 AP통신 특파원에게 행사 참석을 적극 권했답니다. 이번 행사를 본국 신문에 대대적으로 보도하게 하려고요."

"아마 특파원도 상당히 놀랐을 겁니다."

"예, 아까 보니 카메라 셔터를 누르느라고 정신이 없더군요. 기차에 타서도 다른 기자들과 토론할 게 있다고 따로 자리까지 가질 정도고요."

베베르 공사가 고개를 끄덕였다.

"그럴 것입니다. 이런 일에 관심이 없다면 기자가 아니겠지요. 솔직히 획기적이지 않습니까?"

"획기적이고말고요. 지난번에 자동차도 그랬지만, 이번 경유기관차는 세상을 바꿀 발명품이라고 해도 과언이 아닙니다. 석탄 시대에서 석유 시대로 넘어가는 기준이라고 할 수 있어요."

푸트의 말에 베베르 공사가 격하게 공감했다.

"맞는 말씀입니다. 경유기관이 어디 기관차에만 적용되겠습니까?"

베베르 공사가 목소리를 낮췄다.

"제가 듣기로 한국은 이미 경유자동차까지 만들었다고 합니다. 그것도 전문적으로 짐을 대량으로 실을 수 있는 화물차를요."

푸트 공사의 눈이 커졌다.

"그 정보, 정확한 것입니까?"

"물론입니다. 한국 정부의 자동차 관련 인사에게서 들은 사실이니 틀림없을 것입니다."

푸트 공사가 고개를 저었다.

"참으로 놀랍군요. 지금 판매되고 있는 자동차도 놀라운데 경유화물차라니요. 대체 한국의 기술력이 얼마나 대단하기에 이런 신제품을 계속해서 만들어 내는 겁니까?"

베베르 공사가 어깨를 으쓱했다.

"저도 놀라울 따름입니다. 제가 천진에 영사로 주재하고 있을 때만 해도 한국의 전신인 조선은 그저 작은 나라에 불과했습니다. 그런데 어느 날 갑자기 일본과 청국을 연파하며 강대국이 되었습니다."

"이대로 나간다면 불원간에 유럽 제국들과 어깨를 나란히 할 것 같습니다."

베베르 공사의 생각은 달랐다.

"이미 그렇게 된 거 아닐까요? 한국보다 앞서 있다고 자신하는 나라가 몇 나라나 되겠습니까? 제가 봤을 때 잘해 봐야 네댓 나라에 불과합니다. 그것도 지금이나 그렇지, 10년 정도가 지나면 순위가 훨씬 더 올라가 있을 것 같습니다."

푸트 공사가 침음했다.

"으음! 그럴 것 같습니다. 제가 부임한 이후 한국은 해마다 폭발적으로 성장하고 있는 것이 피부로 느껴질 정도이지요."

"그렇습니다. 그런데 더 놀라운 사실은 이제부터 발전 속도가 더 빨라질 것 같다는 느낌이 든다는 겁니다. 실로 무서울 정도로 빠르게요."

푸트 공사가 천천히 고개를 끄덕였다. 그런 그의 표정은 이전과 달리 더없이 심각해졌다.

남포를 떠난 특별열차는 이날 오후 요양에 도착했다. 진동만의 장담대로 불과 6시간 30여 분 만에 600여 킬로미터를 주파한 것이다.

펑! 펑!

역에서 대기하고 있던 기자들은 최초 주행에 성공한 경유 기관차를 촬영했다. 이어서 진동만을 비롯한 철도 관계자들을 인터뷰하느라 분주했다.

그 바람에 역구내가 소란스러웠다. 대진은 그런 사람들 틈을 빠져나와 급히 차에 올랐다.

대진은 대한무역으로 넘어갔다.

송도영이 환대했다.

"어서 오십시오, 후작님. 어떻게, 행사는 잘 다녀오셨습니까?"

대진이 가져온 안내장을 건넸다.

"최고였어. 남포에서 여기까지 타고 왔는데 아주 편하게 잘 왔다."

대진이 경유기관차에 대해 설명했다. 안내장을 보면서 설명을 듣던 송도영이 크게 아쉬워했다.

"저도 가 봤으면 좋았을 텐데, 아쉽네요."

"같이 가지 그랬어."

송도영이 고개를 저었다.

"그럴 수는 없지요. 어제 상해 정기무역선이 출항하는 날이어서 자리를 비울 수가 없었습니다."

"이제 그 일은 아래로 넘겨주어도 되지 않아? 매달 송 전무가 그 일을 전담할 필요는 없잖아?"

송도영이 펄쩍 뛰었다.

"아직은 아닙니다. 아무리 대외 교역이 많이 늘어났어도 아직까지는 상해 교역량이 최고입니다. 그런 업무를 남에게 맡길 수는 없습니다."

대진이 그를 칭찬했다.

"역시 송 전무는 책임의식이 누구보다 강해."

"감사합니다."

"경유기관차는 분명 상당한 반향을 불러일으킬 것 같아. 그리되면 경유기관차의 구매에 관한 의뢰가 폭증할 가능성이 높아."

송도영이 대번에 알아들었다.

"전담 부서를 발족시키는 것이 좋겠네요."

"그렇게 하도록 해. 기왕이면 우리가 보유한 철도부설 기술도 함께 취급할 수 있으면 더 좋을 거야."

"알겠습니다. 바로 준비해 놓겠습니다."

대진의 예상대로 경유기관차는 해외에서 폭발적인 반향을 불러왔다. 철도의 종주국이라고 자부하던 영국과 가장 많은 철도노선이 부설된 미국의 관심은 그야말로 폭발적이었다.

한동안 전 세계 신문의 1면에 경유기관차와 관련된 기사가 장식했다.

그 바람에 대한무역은 한동안 찾아오는 외국 상인이나 외교관들과 상담하느라 정신이 없었다.

그러나 당장의 실적은 없었다.

철도는 국가기간산업이다.

획기적인 경유기관차라고 해도 바로 도입할 수는 없었다. 만일 도입된 경유기관차가 문제가 생긴다면 엄청난 혼란을 초래하기 때문이다.

대한제국의 위상도 문제였다.

자동차와 각종 신제품으로 많이 알려지기는 했으나 아직은 신흥 공업국 수준이었다. 그런 대한제국의 경유기관차를 도입해 국가기간산업에 투입하기에는 아직은 신뢰가 부족했다.

대진도 이러한 사실을 알고 있었다.

그래서 결코 서두르지 않았다.

더구나 경유기관차는 한 번 도입하면 수십 년은 운행해야 한다.

대진은 각국 철도 관계자를 초대했다. 그러고는 경유기관차의 성능과 안정성을 직접 보여 주려 했다.

이런 대진의 전략이 주효해 10여 개국에서 수십 명의 관계자들이 몰려왔다. 특히 영국과 미국에서 가장 많은 관계자를 보내며 관심을 표명했다.

덕분에 대진은 여름 한철을 바쁘게 지내야 했다.

시간이 지나 9월.

아침저녁으로 선선해진 초가을 대진은 거제도를 방문했다. 이 방문에는 지난번과 달리 송도영도 동행했다.

대한제국은 개혁 초기 거제도 옥포에 수군공창을 설립했다. 그러다 북벌을 완수하면서 수군공창의 숫자도 늘어났다.

그래서 지금은 청진, 대련에도 수군공창이 설립되어 있었다. 특히 청진에는 늘어나는 철강 소비에 맞춰 대형 제철소가 새롭게 건설되고 있었다.

이런 수군공창의 옆에는 민간 조선소도 함께 있어서 민간 선박이 건조되고 있었다.

그리고 오늘.

송도영이 선거(船渠)에 늘어서 있는 함정을 보며 벅찬 감회를 숨기지 않았다.

"대단합니다. 이 시대에 용접 기술이 적용된 3,000톤급 함정을 3척이나 동시에 건조하다니요. 그것도 완벽한 철선으로요."

대진도 뿌듯한 심정을 숨기지 않았다.

"대단한 쾌거지. 그만큼 S중공업 출신들이 고생이 많았다는 의미이기도 하고."

"맞습니다. 그분들이 아니었다면 우리 기술력으로는 언감생심이었을 겁니다."

대진이 바라보는 각 선거마다 3,000톤급 함정 3척이 위용을 드러내고 있었다.

한동안 선거를 바라보던 대진은 행사장으로 다가갔다.

행사장에는 국방대신 장병익과 군 관계자들이 대거 모여 있었다. 대진은 그들과 반갑게 인사를 나누고는 지정된 좌석에 앉았다.

잠시 후 행사가 진행되었다.

국민의례를 시작으로 진행된 행사는 축사와 경과보고로 이어졌다. 그리고 함정 건조에 공을 세운 유공자들에 대한 훈·포장도 있었다.

행사가 끝나고 선체 관람이 이어졌다. 대진은 자연스럽게 장병익과 함께 어울려 갑판으로 올라갔다.

공창장인 유기욱이 웃으며 다가왔다.

"어서 오십시오, 대신님."

"축하드립니다, 공창장님."

"하하하! 감사합니다."

장병익이 갑판을 둘러봤다.

"갑판까지 전부 철판으로 되어 있네요."

"예, 그렇습니다. 함정의 재질은 제7기동함대의 함정과 똑같은 100% 특수 강제로 되어 있습니다. 아까도 설명드렸지만 용접 공법을 적용했고요."

장병익이 대단히 흡족해했다.

"모든 것이 세계 최초이네요."

"그렇습니다. 철선은 외국에서도 10년 이내 상용화할 겁니다. 하지만 용접 공법만큼은 적어도 20세기 초가 되어야 사용될 겁니다."

"한 세대를 앞선 공법이란 말이지요?"

"그렇습니다. 영국이 개발한 리벳공법도 상당한 강도를 갖고 있는 것은 분명합니다. 하지만 용접 공법에 비할 바는 아니지요. 특히나 용접 공법을 적용하면 선박을 블록으로 분리 제작이 가능합니다. 그러면 건조 속도를 훨씬 높일 수가 있지요."

대진이 거들었다.

"찍어 내듯이 건조할 수 있다는 말씀이군요."

"그렇습니다. 이번에 3척의 함정을 동시에 건조하면서 그 효율을 직접 경험할 수 있었지요. 함포와 기관포와 같은 무장만 제때 공급된다면 양산은 시간문제입니다."

"용접 기술자들은 많이 확보하셨습니까?"

유기욱이 크게 고개를 끄덕였다.

"그렇습니다. 수군공창에 소속된 훈련소에서 기능공을 확실하게 교육시키고 있지요. 급여가 많다는 것이 소문나서 지원자도 많고요."

"좋은 현상이네요."

대진이 연돌을 보며 질문했다.

"그런데 연돌이 상당히 높습니다. 경유기관을 장착했으면 저렇게 높지 않아도 될 터인데요."

유기욱이 설명했다.

"일부러 높게 했습니다. 아직까지는 경유기관을 장착한 것이 외부에 알려지는 것이 좋지 않다는 판단에서요."

"그러시군요."

유기욱이 자신 있게 밝혔다.

"공창이 만들어지면서 수군이 자체적으로 함정을 개발하게 되었습니다. 덕분에 건조비도 훨씬 절감할 수 있을뿐더러 기술 개발도 과감히 추진할 수 있게 되었지요. 이대로 발전해 나간다면 거함 거포 시대에도 손쉽게 적응할 수 있을 것입니다."

대진이 문제점을 지적했다.

"문제는 무장이겠지요. 우리가 아무리 수군공창을 운용한

다고 해도 미국처럼 2만 톤급 전함을 무지막지하게 찍어 낼
수는 없지 않겠습니까?"

유기욱도 동조했다.

"그 말씀은 맞습니다. 20세기 초, 대형 전함이 출현하기
전까지 우리는 미사일과 유도어뢰, 그리고 레이더 개발을 완
료해야 합니다. 그러지 않으면 타국과의 군비 경쟁에서 뒤처
질 수밖에 없습니다."

대진도 동조했다.

"공창장님의 말씀이 맞습니다. 우리는 앞으로 미국과 태
평양을 두고 경쟁해야 합니다. 그런 우리로서는 시대를 뛰어
넘는 무기 개발이 반드시 필요합니다."

장병익이 설명했다.

"너무 걱정하지 않아도 돼. 국방과학연구소에서는 미사일
연구에 총력을 기울이고 있어. 지금의 개발 속도라면 금세기
가 지나기 전까지 개발에 성공해 실전 배치할 수 있을 것입
니다."

대진의 얼굴이 환해졌다.

"그렇다면 걱정할 필요가 없겠습니다. 레이더는 어떻습니까?"

"초기 형태의 레이더는 이미 개발을 완료했어."

대진이 깜짝 놀랐다.

"그렇습니까?"

"그래, 레이더의 원리 정도는 기술을 잘 모르는 우리도 알

고 있잖아."

"그건 그렇습니다. 마군 출신 중에서 레이더의 원리를 모르는 사람은 없겠지요."

"그렇지. 그래서 레이더 개발은 비교적 순조롭게 진행되고 있어. 더구나 함정에 배치된 기존의 레이더를 다운그레이드 하는 거여서 개발은 어렵지 않았지. 그러나 아쉽게 아직은 실전 배치할 수준은 아니어서 몇 년은 더 기다려야 해."

유기욱이 나섰다.

"그래도 무선통신만큼은 이미 개발을 완료했습니다. 그래서 이번 함정부터 실전 배치가 되었고요."

대진이 놀랐다.

"아! 그렇습니까? 그렇다면 다른 함정에도 배치하겠네요."

장병익이 대답했다.

"물론이지. 내년 상반기까지 모든 함정에 배치될 거야."

송도영이 급히 나섰다.

"그러면 민간 선박도 보급되는 겁니까?"

"당연히 그렇게 되겠지. 하지만 군이 우선이니만큼 순서는 기다려야겠지."

"그 정도야 얼마든지 기다릴 수 있지요. 그런데 선박에 무선통신이 장착되면 육상 보급도 시간문제겠습니다."

"맞아. 시간문제야."

송도영이 대번에 관심을 보였다.

"대신님, 무선통신에 관한 민간사업은 따로 사업자를 선정하는 겁니까? 아니면 기존의 유선전화를 담당하는 한국통신에서 취급하는 겁니까?"

"나도 거기까지는 몰라. 하지만 통신은 공공재잖아. 아마도 유선을 담당하는 한국통신공사에서 관장하지 않겠어?"

송도영이 아쉬워했다.

"아! 역시 그렇게 되는군요."

대한제국은 요양 천도 이후 전화 보급을 대대적으로 실시하고 있었다. 전화 보급은 철도와 도로 개설과 함께 전국으로 급속히 확산되고 있었다.

그러한 전화 보급은 공기업인 한국통신이 관리하고 있었다.

4장

대진이 송도영을 다독였다.

"대한그룹이 모든 사업을 독점할 수는 없잖아. 그렇게 되면 엄청난 저항에 직면하게 되어 있어."

유기욱도 적극 동조했다.

"맞는 말씀입니다. 아무리 우리가 보유한 기술이라 해도 웬만한 것은 공기업이나 민간에 넘겨주는 것이 좋습니다. 그래야 우리도 좋고 우리 후손들도 편하게 살 수 있습니다."

송도영도 바로 동조했다.

"공창장님의 말씀이 지당하십니다. 국가 발전이나 우리 후손을 위해서라도 모두 함께 가는 것이 좋습니다."

유기욱이 적극 동조했다.

"맞습니다. 모두가 함께 가는 것이 좋지요. 그래야 빈부격차도 최소화할 수 있고, 반목도 훨씬 줄일 수가 있습니다."

대진이 슬쩍 말을 돌렸다.

"함정 건조는 앞으로도 문제가 없겠지요?"

유기욱이 자신했다.

"그렇습니다. 우리가 넘어올 때 각종 선박 도면을 상당히 가져왔습니다. 그중에는 전투함정 도면도 꽤 있고요. 더구나 저도 그렇지만 함께 온 분 중에 몇 분은 함정 설계는 물론이고 전투함정 건조에 참여한 경험까지 있습니다."

"다행이네요. 그런데 공창장님의 경험을 전수해 줄 후배들은 어떻게, 양성을 잘하고 계십니까?"

"마군 출신 중에서 10여 명의 인재를 찾아냈습니다. 조선 출신들도 상당수를 선발했고요. 그들이라면 우리가 갖고 있는 기술 지식을 충분히 습득할 수 있을 거라 확신합니다."

이러는 유기욱의 얼굴은 더없이 환했다. 대진은 그의 자신감이 대한제국 수군의 미래라는 사실에 절로 안도했다.

함정 진수식을 보고 온 대진은 한동안 바쁜 시간을 보냈다.

그런 어느 날.

대진에게 송도영이 제안했다.

"후작님, 우리도 이제 상해에 은행을 설립해야 하지 않겠습니까?"

위대한
항해

서류를 결재하던 대진의 손이 멈췄다.

"응! 상해에다 은행을 설립하자고?"

"그렇습니다. 요즘 상해에 홍콩상하이은행이 성업 중에 있습니다. 그것을 본 다른 나라 은행도 속속 진출하고 있고 요. 그에 반해 우리는 상해한국관에 외환은행 지점이 나가 있는 것이 고작입니다. 그것도 현지에 세워진 공장 직원들을 위한 업무에만 집중하고 있지요."

상해한국관은 상해조선관의 바뀐 이름이었다.

갑작스러운 제안에 대진이 침음했다.

"으음! 은행 설립의 실익이 있을까?"

"당연히 많지요."

"그래?"

"예, 우선은 호광용과 합작한 강남철도의 수익금을 활용할 수가 있습니다. 아울러 천진북경철도 수익금도 재투자할 수 있고요. 여기에 청국과 거래하는 무역대금의 일정 부분을 투자한다면 지금보다 훨씬 많은 수익을 거두게 될 것입니다. 그렇게 되면 상해한국관도 지금보다 훨씬 더 활성화될 수 있을 것이고요."

"철도 수익금은 어떻게 하고 있었지?"

"지금까지는 수익금을 매월 본국으로 들여오기만 했습니다."

두 지역의 철도는 전쟁 이전부터 계획된 사안이었다. 그러나 전쟁을 거치면서 일종의 전리품 성격이 되어 버렸다.

대진의 고개가 절로 끄덕여졌다.

"그렇구나! 당장은 아니지만 청나라가 문제를 삼을 수 있 겠구나."

"그렇습니다. 강남철도도 그렇지만 천진북경철도는 각각 상 당한 수익을 거둬들이고 있습니다. 그런 수익금을 우리는 재투 자도 하지 않고 무조건 본국으로 가져오고 있고요. 그런 상황 을 청국이 언제까지고 지켜보기만 하지는 않을 것입니다."

"그렇다고 국유화를 하지는 못해. 송 전무도 알다시피 두 철도는 일종의 전리품이잖아."

"물론 그렇지요. 청국이 국유화했다가는 우리가 가만있지 않는다는 것을 저들도 잘 알고 있으니까요. 하지만 요 몇 년 사이 청국의 군사력, 특히 북양 수사의 군사력이 급속이 불 어난 것을 아시지 않습니까?"

대진도 알고 있는 사실이었다.

"맞아. 지난해 독일에서 7,300톤급인 정원(定遠)과 진원(鎭 遠) 2척을 들여왔지?"

"예, 무려 1척에 천은 160만 냥씩을 퍼부으면서 2척이나 들여왔습니다. 그뿐이 아닙니다. 금년 들어 2,000~2,500톤 급 방호순양함도 들여와서 연신 배치하고 있는 중입니다. 어 뢰정을 비롯한 각종 함정도요. 그 바람에 북양 해군이 한껏 고무되어 있는 상황이고요."

"그렇다고 무슨 일이 생기겠어?"

"당장 무슨 일이 일어나지는 않겠지요. 하지만 우리가 계속해서 수익금만 챙긴다면 언젠가 그것을 문제 삼지 않겠습니까?"

이 부분에는 대진도 동조했다.

"맞아. 북경 천진은 이홍장의 텃밭인데 그런 곳의 수익금만 챙긴다면 끝까지 두고 보지는 않겠지."

"그리고 요즘 들어 청국이 우리에게 패한 것은 육군이지 수군이 아니라는 이분법적 논리가 퍼지고 있는 것도 문제입니다."

대진으로서는 처음 듣는 말이었다.

"허! 그래?"

"물론, 우리가 프랑스 함대를 압도한 전력이 있어서 크게 번지지는 않습니다. 하지만 이전에 비해 기가 살아나고 있는 것만은 분명한 사실입니다."

대진의 표정이 심각해졌다.

"생각보다 상황이 좋지 않구나. 내가 다른 지역만 신경을 썼지 정작 중요한 청국 사정에는 신경을 쓰지 않고 있었어."

"그런 분위기 때문이 아니더라도 은행 설립은 깊이 검토할 사안이라고 생각합니다. 그리고 홍콩의 적극적인 투자를 위해서라도 별도의 은행이 필요합니다."

"음!"

고심하던 대진이 결정했다.

"좋아! 송 전무가 이런 말을 하는 것을 보니 시장조사를 이미 해 둔 거겠지?"

"물론입니다."

송도영이 그동안 조사한 자료를 건넸다. 대진이 서류를 검토하다가 크게 놀랐다.

"상해의 금융시장이 이렇게 커졌어? 이 보고서대로라면 청국과의 전쟁에서 우리가 승리한 것이 기폭제가 된 것 같잖아. 우리가 알고 있던 기록에 따르면 상해는 금세기 말부터 폭발적으로 성장한 것으로 되어 있었잖아."

"맞습니다. 지금의 상해는 불안감이 해소된 시장처럼 폭발적으로 성장하고 있습니다. 그 바람에 상해에서 증권거래소도 개장하려는 움직임이 나타나고 있습니다."

대진이 깜짝 놀랐다.

"증권거래소까지 세워지려 한다고?"

"그렇습니다."

"으음! 대단하구나. 그렇다면 은행 설립을 적극 검토해 봐야겠어."

송도영이 설명했다.

"후작님께서 결정만 하십시오. 그러면 대한은행에 협조를 얻어 정식으로 준비단부터 발족하겠습니다. 은행 설립 준비는 오래전부터 해 왔습니다."

이 말에 대진이 어리둥절했다.

"뭐야. 이전부터 은행 설립을 준비해 오고 있었던 거야?"

송도영이 머리를 긁적였다.

"상해의 성장세가 예상외로 가팔랐습니다. 그래서 후작님이 중동으로 떠난 직후부터 준비해 오고 있었습니다."

"1년 전부터 준비해 왔던 거야?"

"일조일석에 결정할 일이 아니어서요. 그래서 시장조사를 비롯해 철저하게 준비해 왔습니다."

대진이 두말하지 않았다.

"그렇다면 무엇을 망설이고 있어? 당장 준비단부터 발족하도록 해."

송도영의 얼굴이 환해졌다.

"감사합니다. 바로 시작하겠습니다."

"그렇게 해. 필요한 부분이 있으면 내가 대한은행장과 직접 만나 보겠어."

"아닙니다. 그동안 준비해 온 것이 있어서 그대로 추진하면 됩니다."

"알았어. 그러면 나는 회장님과 수상, 그리고 재무대신을 찾아뵙고 상황을 전해 드릴게."

송도영은 인사를 하고는 나갔다.

대진은 남은 보고서를 정독했다.

그러고는 그룹 회장인 송인석의 자택을 찾아 상황을 보고하고서 재가를 받았다. 이어서 수상과 재무대신을 연달아 만나 의견을 구했다.

은행설립준비단이 발족했다.

대진은 준비단이 발족되는 것을 보고는 상해로 넘어갔다. 항구에는 미리 연락을 받은 대한무역 상해 지점장과 직원들이 나와 있었다.

대진은 그들이 타고 온 마차를 타고 한국관으로 넘어왔다. 개발이 본격화된 지 7년여가 되었지만 상해한국관은 아직도 많은 부분이 공터였다.

그러나 곳곳에 공장이 들어서 있었으며 주택들도 상당히 지어지고 있었다. 대진은 그런 건물 중 대한무역 상해 지점으로 안내되었다.

안으로 들어간 대진은 곧바로 호광용이 운영하는 호경여당으로 사람을 보냈다.

호광용의 본거지는 항주다.

그래서 호경여당의 본점도 호광용의 본거지인 항주에 있다. 그러나 대한무역과의 거래가 엄청나고 강남철도가 만들어지면서 호광용도 많은 시간을 상해에서 보내고 있었다.

이날도 호광용은 상해에 있었다.

그래서 다음 날 바로 만날 수 있었다. 호광용이 대진을 만나러 황포강을 건너 한국관으로 왔다.

호광용이 두 손을 모았다.

"오랜만에 뵙습니다, 대인."

대진도 두 손을 모았다.

"오랜만에 뵙습니다, 호 대인. 그동안 잘 지내셨는지요."

호광용이 호탕하게 웃었다.

"하하하! 저야 대한무역 덕분에 잘 지내고 있습니다."

"그렇다면 다행입니다."

두 사람은 인사를 주고받다가 자리에 앉았다. 이어서 차가
나오고 호광용이 차를 한 모금 마시고는 먼저 입을 열었다.

"그렇지 않아도 후작으로 승작하셨다는 말을 들었습니다.
늦었지만은 하례드립니다."

"감사합니다. 어떻게, 사업은 잘되고 있습니까?"

호광용이 한숨을 내쉬었다.

"후! 일희일비(一喜一悲)하고 있습니다."

"무슨 좋지 않은 일이라도 있나 봅니다."

호광용이 솔직히 설명했다.

"호경여당은 대한무역의 도움으로 폭발적인 성장세를 구
가하고 있습니다. 하지만 제 사업의 근간이라고 할 수 있는
부강전장은 반대로 엄청난 위기에 봉착해 있습니다."

"무슨 문제가 있는 것입니까?"

호광용이 다시 한숨을 내쉬었다.

"후! 저를 후원해 주시던 좌종당 대인께서 지난해 안타깝
게도 서거하셨습니다. 그 후부터 이홍장 대인의 밑에 있는
자들이 은근히 우리 전장이 관청과의 일을 못 하도록 훼방을

놓고 있는 중입니다."

대진이 대번에 알아들었다.

"아! 부강전장이 각 성의 국고를 맡았던 업무에서 배제되고 있나 봅니다."

"맞습니다. 이전에 대인께서 신용대출을 자제하라는 말을 따르지 않았다면 벌써 사달이 나도 났을 것입니다."

"국고를 맡지 못한다면 전장 운영에 심각한 차질을 빚을 수밖에 없겠습니다."

"그렇습니다. 그래서 강남 각지에 있던 지점들을 속속 철수시키고 있는 중입니다."

"새로운 대안이 모색되어야겠군요."

호광용이 고개를 저었다.

"만만치가 않습니다. 이대로라면 머잖아 전장 문을 닫아야 할 지경입니다."

"좌종당 대인의 부재가 아쉬울 따름이군요."

호광용은 목이 탔는지 찻잔을 들어 훌훌 마셨다. 그러고는 사정을 설명했다.

"전장은 관청과의 관계가 밀접해야만 살아날 수가 있습니다. 그렇지 않고 개인만 상대해서는 사세를 유지하기 어려운 구조이지요. 제가 부강전장을 설립했을 때도 당시 절강순무였던 왕유령 대인의 전폭적인 후원 덕분이었습니다. 이후에는 좌종당 대인이 많은 도움을 주셨고요."

대진이 고개를 저었다.

"안타깝지만 관치금융의 한계이군요."

"그래서 걱정입니다."

호광용으로서는 걱정거리가 맞다. 그러나 은행 설립을 추진하려는 대진에게는 뜻밖의 호기나 다름없었다.

"우리와의 거래가 없었다면 사업 전체가 흔들릴 뻔했겠네요."

호광용이 부인하지 않았다.

"솔직히 그렇습니다. 대한무역과 거래가 없었다면 아마도 저는 벌써 파산했을 겁니다. 그랬다면 조정에서 저를 가만두지 않았을 것이고요."

"가만두지 않다니요?"

"전장이 파산하면 대개 전주의 모든 자산을 압류합니다. 저 또한 모든 재산을 잃고 집안마저 풍비박산이 났을 것입니다. 그래서 후작님께 진심으로 감사하고 있습니다."

호광용이 두 손을 흔들며 감사를 표시했다. 대진이 슬쩍 겸양하며 그를 치켜세웠다.

"아닙니다. 그만큼 대인께서 사업을 보는 눈이 정확했던 것이지요."

"후작님이 배려해 주신 덕분입니다. 지금 부강전장이 그나마 명맥이 유지되고 있는 것도 강남철도에서 벌어들이는 수익 덕분입니다. 만일 그조차도 없었다면 전장은 더 이상 유지하기 어려울 지경입니다."

대진이 슬쩍 말을 돌렸다.

"상해에 주식거래소가 생긴다고 하던데, 맞습니까?"

호광용이 놀랐다.

"대인께서도 소문을 들으셨습니까?"

"본사의 고위층으로부터 들었습니다."

"그러시군요. 맞습니다. 본래는 몇 년 전에 거래소를 세우려는 계획이 있었습니다. 그러다 귀국과의 전쟁으로 세상이 어수선해지면서 몇 년 늦어진 것이지요."

"주식거래소가 생긴다는 사실은 그만큼 경제가 활황이라는 뜻 아닙니까?"

호광용이 의외의 발언을 했다.

"꼭 그렇다고 볼 수는 없습니다. 물론 강남의 물산이 상해로 몰리면서 상해는 돈이 넘쳐 나고 있다고 해도 과언이 아닙니다. 그러다 보니 투기 세력도 엄청나게 불어나고 있고요. 주식거래소는 그들의 주도로 발족이 거론되고 있는 것으로 압니다."

"주식거래소 발족이 경제 활황보다는 투기 세력 때문이라는 말씀이군요."

"그렇습니다."

"오래가지 못할 수도 있단 말이네요."

호광용이 고개를 끄덕였다.

"그럴 가능성이 높습니다. 지금 상해, 아니 우리 청국에서 주식을 발행할 수 있는 회사가 과연 몇 개가 되겠습니까? 있다고 해 봐야 관상(官商)이 운영하는 윤선초상총국이나 광산, 그리고 전장, 표호 등이 고작이겠지요. 그런데 문제는 그런 회사들의 경영이 얼마나 투명하겠습니까? 아마도 대부분 부실을 숨기는 곳이 태반일 것입니다. 그렇게 부실한 회사의 주식을 거래하다 보면 오래지 않아 문제가 생기지 않겠습니까?"

호광용의 발언에 대진은 놀랐다.

"대인께서는 주식에 대해 의외로 많이 아시는군요."

호광용이 고개를 저었다.

"잘 알지는 못합니다. 하지만 장사의 이치나 주식거래나 다 같다고 생각합니다. 제대로 된 양질의 물건은 신뢰를 받아 오래도록 거래가 됩니다. 그러니 잘못되고 나쁜 물건이 시장의 버림을 받는 것은 너무도 당연하지요."

"대인의 말씀은 아직 청나라에서는 제대로 된 회사가 별로 없다는 거로군요."

"아직은 멀어도 한참 멀었습니다."

"음! 그렇군요."

대진이 잠시 생각을 가다듬었다.

"대인, 혹시 은행에 대해 아십니까?"

호광용의 대답이 거침없었다.

"당연히 잘 알고 있지요. 영국이 설립한 회풍(匯豊)은행을 비롯해 몇 개의 외국 은행이 상해에서 영업을 하고 있습니다."

"회풍은행이요?"

"영국은 홍콩상해은행이라고 부르더군요."

호광용이 자신이 알고 있는 은행의 가치와 효용에 대해 설명했다. 대진은 그의 설명을 들으며 느껴지는 것이 있었다.

"호 대인께서는 은행에 관심이 많으십니다."

호광용이 인정했다.

"예, 맞습니다. 제가 살펴보니 전장보다는 은행이 훨씬 안정적이더군요."

"그러면 전장을 접고 은행을 여시지 않고요?"

호광용이 고개를 저었다.

"설립 허가가 나지 않습니다. 지금까지 몇 사람이 은행 설립을 추진했지만 조정에서 전부 거절되었지요. 저 또한 마찬가지여서 상해에서 외국계 은행만 영업을 하고 있지요. 하! 좌종당 대인만 계셨어도 제대로 한번 추진해 볼 수 있겠는데 이제는 그조차도 어렵게 되었습니다."

호광용이 아쉬운 표정을 숨기지 않았다. 대진은 그의 표정을 보면서 은근히 권유했다.

"대인, 그러면 우리와 함께 은행을 해 보지 않겠습니까?"

호광용의 눈이 더없이 커졌다.

"예? 은행을 합작하자고요?"

"그렇습니다. 대인께서도 은행이 전장보다 훨씬 좋다는 사실을 잘 알고 계실 것입니다."

"당연히 잘 알고 있습니다. 평생 전장을 업으로 살아온 제가 은행의 효용가치를 누구보다 잘 알지요. 그런데 방금도 말씀드렸다시피 은행은 조정에서 허가를 내주지 않습니다."

"그 부분은 걱정하지 않아도 됩니다. 우리는 연전에 청국과 맺었던 협약에 따라 상해에서의 경제활동에 어떠한 제약도 받지 않습니다. 그래서 언제라도 은행을 설립할 수가 있지요."

대진의 말에 호광용이 크게 놀랐다.

"그게 정말입니까?"

"그렇습니다. 은행이 설립되면 곧바로 천진과 홍콩에 지점을 낼 것입니다."

"바로 지점을 내신다고요?"

"당연하지요. 상해도 그렇지만 홍콩에도 외국 기업들이 상당히 들어가 있습니다. 그리고 천진은 북경보다 더 상업이 발달한 곳이고요. 이런 두 지역에 지점을 개설한다면 은행 발전에 큰 도움이 될 것입니다."

"광주와 남경 그리고 항주에도 지점을 내면 더 좋지 않겠습니까?"

대진이 고개를 저었다.

"그건 아직 어렵습니다. 우리가 은행 지점을 설립할 수 있는 것은 조계지에 한정합니다. 다른 지역으로 들어가려면 청국 조정과 별도의 협상을 해야 합니다."

호광용이 자신했다.

"그런 부분은 제가 해결할 수 있습니다."

대진은 기꺼웠다.

"역시 그럴 줄 알았습니다. 제가 호 대인께 동참을 요청했던 것도 대인의 그런 능력 때문입니다."

대진은 이어서 은행 설립과 운영 계획을 설명했다. 호광용의 표정이 더없이 진지해졌다. 그는 자세까지 바로 하고는 대진을 바라봤다.

"후작님, 무조건 참여하겠습니다. 그러니 어떤 방식으로 참여해야 하는지만 말씀해 주십시오."

그 말에 대진의 얼굴이 더없이 밝아졌다.

"좋습니다. 그렇게 하십시오."

"감사합니다. 그런데 상호는 지으셨습니까?"

"그렇습니다. 극동은행(極東銀行)이라고 이름을 지었습니다. 우리 대한제국과 청나라, 그리고 일본이 있는 지역이 극동이라고 부르지 않습니까? 그래서 그 지역을 아우르자는 의미에서 극동은행이라고 지었습니다."

호광용이 탄성을 터트렸다.

"오! 은행의 상호도 아주 적당합니다."

"그런데 은행 자본금이 조금 많은데, 괜찮겠습니까?"

대한무역이 얼마나 큰 회사인지 호광용은 누구보다 잘 알았다. 그래서인지 대진의 말에 청국 제일의 부자라는 호광용도 긴장했다.

호광용이 조심스럽게 질문했다.

"자본금을 얼마로 하실 것인지요?"

"천만 냥 정도로 생각합니다. 그러나 지금은 초기여서 절반으로 출범하려고 합니다. 대인께서는 그중에 삼 할이나 그 아래로 부담하면 됩니다."

결코 적지 않은 금액이었다.

그럼에도 호광용은 호쾌하게 대답했다.

"아무 걱정 마십시오. 그 정도는 갖고 있는 자금만으로도 충분히 감당할 수 있습니다."

이번에는 대진이 두 손을 모았다.

"역시 청국 제일의 부호이십니다. 그 많은 금액을 선뜻 투자하시다니요."

호광용도 두 손을 모았다.

"아닙니다. 대한무역과 거래하려면 항상 그 이상의 자금을 보유하고 있어야 합니다. 요즈음은 전장 경영이 어려워 많은 자금을 염출하기가 쉽지는 않지만 은행 설립에 필요한 자본금이니만큼 당연히 감당해야지요."

호광용의 적극 참여 의지로 일은 일사천리로 진행되었다. 더구나 난제였던 지점 설립도 호광용이 해결하겠다고 나서자 대진은 더없이 흡족했다.

"좋습니다. 본국에 은행 설립을 위한 준비단이 곧 상해로 들어올 것입니다. 실무 협의는 그때 다시 하기로 하지요. 호 대인도 참여할 인원을 미리 선발해 놓으시면 좋겠습니다."

호광용도 흔쾌히 승낙했다.

"그렇게 하겠습니다. 그리고 은행을 설립한다는 소문을 내는 것이 나중을 위해 좋지 않겠습니까?"

대진이 크게 웃었다.

"하하하! 그 부분은 대인께서 알아서 하십시오."

호광용도 마주 웃었다.

"하하하! 알겠습니다. 대한무역이 은행을 설립하고 제가 참여한다면 아마도 큰 반향을 불러일으킬 것입니다."

호광용의 예상대로였다.

극동은행이 설립된다는 소문은 급격히 퍼져 나갔다. 상해 에는 홍콩상해은행을 비롯한 몇 개의 외국계 은행이 성업 중 이었다.

외국계 은행은 공공조계의 강변에 밀집되어 있었다. 그런 은행 건물과 함께 강변에 서 있는 건물 중 하나가 윤선초상 총국(輪船招商總局)이었다.

윤선초상총국은 이홍장의 막료인 성선회(盛宣懷)의 주도로 1872년 설립된 해운회사다.

청나라는 아편전쟁으로 개항한 이래 외국 기선 회사들이 물밀 듯이 들어왔다. 그로 인해 청나라의 수운 체계는 급격 한 위기를 맞이하게 되었다.

이러한 문제를 해결하기 위해 설립한 회사가 윤선초상총
국이다. 이 윤선초상총국은 청나라에서 설립된 최초의 관상
회사다.

윤선초상총국은 설립 초기 상당한 어려움을 겪었다. 그러
다 서양 기선 회사와의 경쟁을 이겨 내면서 청국 수운의 60%
를 장악할 정도가 되었다.

성선회는 이홍장의 전폭적인 지지를 받으며 승승장구하고
있었다. 석탄과 철강 광산의 경영권을 위탁받았으며, 1881년
에는 천진전보총국을 세워 청나라에 처음으로 전신을 보급
해 독점하고 있었다.

이런 성선회가 극동은행이 설립된다는 소문을 들었다. 소
문을 들은 성선회는 곧바로 사람을 보내 대진과의 면담을 신
청했다.

대진은 이 요청을 흔쾌히 받아들였다.

다음 날.

성선회가 포동으로 넘어왔다.

"처음 뵙겠습니다. 윤선초상총국의 성선회라고 합니다."

대진이 반갑게 맞았다.

"고명한 분을 뵙게 되어 반갑습니다."

성선회가 흠칫했다.

"소인을 아시옵니까?"

대진이 대답했다.

"물론이지요. 윤선초상총국의 설립을 주도하고 천진전보총국의 총판인 분을 어찌 모르겠습니까? 더구나 윤선초상총국은 청나라 최초의 관독상판(官督商辦) 회사가 아닙니까?"

관독상판이란 상인이 돈을 내어 설립한 회사를 관이 지원하고 감독한다는 의미다. 일종의 공사로, 서양의 기선 회사에 대항해 성선회가 도입한 운영 방식이었다.

성선회가 두 손을 모았다.

"놀랍습니다. 후작님께서 우리 총국에 대해 이렇게 잘 알고 계실 줄 몰랐습니다."

"청나라의 내륙수운의 대부분과 관물 운수 전부를 맡고 있는 윤선초상총국 아닙니까? 모르는 것이 오히려 이상하지요. 게다가 상당한 수익을 거두고 있는 것으로 아는데요."

성선회가 너털웃음을 터트렸다.

"하하! 그렇기는 합니다. 하지만 수익의 대부분은 투자한 상인들의 배당으로 지급하고 있지요."

"그 또한 대단한 일이지요. 철저한 배당이야말로 투자자들이 최고로 바라는 일 아니겠습니까?"

"그렇기는 합니다."

차가 나오고 잠시 한담이 오갔다.

대진이 먼저 본론으로 들어갔다.

"그런데 무슨 일로 저를 보고자 하신 겁니까?"

"이번에 은행을 설립하신다고요?"

대진은 '역시'라고 생각했다.

"그렇기는 합니다만."

"신설 은행에 저도 출자하면 안 되겠습니까?"

대진이 깜짝 놀랐다.

"성 총판께서는 북양대신의 막하에 있는 것으로 압니다. 그런 분이 우리 대한무역이 준비하는 은행에 출자해도 됩니까?"

"못할 것도 없지요. 은행을 설립하는 자본금은 많을수록 좋은 거 아닙니까?"

"그렇기는 합니다만 의외네요."

성선회가 고개를 끄덕였다.

"귀국과 불편한 관계인 북양대신 막하에 있는 제가 투자한다고 해서 그렇습니까?"

대진이 솔직하게 인정했다.

"그렇습니다. 윤선초상총국이야 선박 회사이니 상해에 본점을 두었지만 북양대신의 본거지는 천진 아닙니까?"

"그렇기는 합니다."

"문제는 더 있습니다. 상해는 남양대신의 관할입니다. 내가 알기로 좌종당 대인이 돌아가신 이후로 청국은 북양대신과 남양대신으로 조정 정파가 나뉘어 있는 것으로 아는데요."

성선회가 고개를 저었다.

"그런 부분은 전혀 문제가 되지 않습니다. 돈은 말 그대로

돈에 불과합니다. 돈에 이름이 있는 것은 아니지 않습니까?"

대진도 이 말에 원론적으로는 동조했다.

"말씀은 맞습니다. 하지만 그게 말처럼 쉽지 않다는 사실을 대인도 모르시지 않잖습니까?"

그랬다. 청국의 내부 사정은 그렇게 쉽게 정리할 수준이 아니었다.

청국에서 북양대신 이홍장의 권세는 어느 누구보다 강력하다. 그러나 남양대신 장지동의 권력도 결코 만만히 볼 수준이 아니었다.

남양대신과 북양대신은 각자 병력을 운용하고 있었다. 여기에 군사공장도 별도로 운영할 정도로 거의 교류를 하지 않았다.

그만큼 정치적 이해관계도 맞물려 있었다.

그럼에도 성선회는 극동은행에 참여하고 싶어 했다. 호광용과 합작하려는 대진으로서는 쉽게 받아들이기 어려운 일이었다.

성선회도 이런 사정을 모르지 않았다.

"제가 북양대신 막하에 있다는 사실이 문제가 된다는 말씀이군요."

"솔직히 부인하지 않겠습니다. 그리고 성 대인이 은행 설립에 참여한다고 해서 실익이 크지 않은 것도 문제입니다."

"왜 그런 말씀을 하시지요?"

대진은 호광용과 협의 내용을 설명했다.

성선회가 고개를 저었다.

"지방에 지점을 세우는 일은 결코 쉽지 않습니다. 이전이 었다면 호광용 대인의 말도 충분히 일리가 있습니다. 그러나 좌종당 대인이 없는 지금 개항장 이외의 지역으로 지점을 확장하는 것은 솔직히 문제가 있습니다."

"북양대신이 막을 거라는 겁니까?"

"이 대인은 협조적입니다. 그러나 서태후 폐하와 조정은 은행에 대해 상당히 비판적이지요."

성선회가 자신의 가슴을 쳤다.

"그러나 저는 극동은행의 지점은 충분히 해결할 수 있습니다. 아니, 저와 호광용 대인이 힘을 합치면 못할 것이 없지요."

"호 대인과 성 대인이 힘을 합치는 게 가능하겠습니까?"

"저와 호 대인은 정치인이 아니라 상인입니다. 상인의 관점에서라면 못할 것도 없지요. 그리고 은행 사업은 일방적으로 진행될 수 있는 사안도 아니지 않습니까?"

대진이 동의했다.

"그렇기는 합니다."

"본래는 제가 직접 은행을 설립하려고 했습니다. 이름도 중국통상은행(中國通商銀行)이라고 지어 두었고요. 하지만 서태후 폐하와 조정 노신들의 격렬한 반대 때문에 뜻을 접어야 했지요. 그러던 차에 극동은행 설립에 대한 소문을 듣고 찾아오게 된 것입니다."

"대단하군요. 이름까지 미리 지어 놓고 은행 설립을 추진했다니요."

"저는 효도가 백행(百行)의 근본이듯이 은행은 백업(百業)의 근간이라는 생각을 갖고 있습니다. 그래서 은행을 꼭 설립하고 싶었지요."

대진이 깜짝 놀랐다.

"놀랍군요. 청국에서 이런 인식을 갖고 있는 분이 있을 줄은 몰랐습니다. 맞습니다. 산업이 활성화되려면 은행이 뒷받침해 주어야 합니다. 우리 대한제국도 은행이 활성화되면서 고도성장을 구가하게 되었지요. 청국도 은행이 많아지면 산업이 절로 부흥하게 될 겁니다."

성신회가 적극 동조했다.

"옳은 말씀입니다. 청국 경제를 부흥시키기 위해서라도 은행 설립은 반드시 필요합니다. 저를 참여시켜 주신다면 이홍장 대인을 앞세워서라도 태후 폐하께 극동은행의 지점 설치에 대한 허락을 받아 내겠습니다."

"성 대인의 말씀대로라면 지점 허가가 쉽지 않을 것 같은데 가능하겠습니까?"

성선회가 조심스럽게 제안했다.

"강남철도와 북경천진철도에서 나오는 수익금이 상당하다고 알고 있습니다. 그 수익금을 이번에 극동은행에서 적극 활용할 수는 없겠습니까? 만일 그게 가능하다면 지점 설치 허가를 받기가 쉬워질 것입니다."

대진은 내심 놀랐다.

성선회가 마치 자신의 계획을 알고 있는 것처럼 말을 했기 때문이다. 그런데 두 철도의 수익금을 활용하겠다는 계획은 송도영 외에는 누구에게도 말한 적이 없었다.

대진은 본래 호광용을 참여시키면서 은행업을 확장하려고 했다. 그런데 성선회의 말을 들으니 호광용만으로는 부족할 것 같다는 생각이 들었다.

그래서 확인차 물었다.

"그것만 되면 조계지 이외의 지역에 지점을 열게 할 수 있겠습니까?"

"그렇습니다. 그리고 호광용 대인이 도와준다면 일은 훨씬 더 쉬워질 것입니다."

"흐음!"

대진의 표정이 밝아졌다. 그것을 본 성선회가 더 적극적으로 달려들었다.

"대인, 청국 조정은 은행에 대한 비판적인 생각을 갖고 있는 대신들이 아주 많습니다. 그러나 극동은행은 한국과의 관계를 고려해 지점 설립을 허용해 줄 가능성이 높습니다. 더구나 두 철도의 수익금을 재투자한다는 명분까지 있고 저와 호광용 대인이 합심한다면 분명 좋은 결과를 얻어 낼 것입니다."

어차피 호광용과 합작할 계획이었다. 여기에 성선회가 더 참여한다고 해서 나쁠 것은 없었다.

"은행 자본금이 초기에는 500만 냥으로 출범했다가 1천만 냥으로 증액을 할 것인데, 감당하실 수 있겠습니까?"

성선회는 순간 주춤했다.

"생각보다 자본금이 많군요."

"제대로 은행을 키워 보고 싶어서요."

성선회가 잠깐 고심했다. 자신이 생각하고 있던 은행 자본금을 훨씬 상회했기 때문이다.

"일 할 정도는 감당할 수 있겠습니다."

무리 없는 금액이었다.

대진이 흔쾌히 승낙했다.

"좋습니다. 투자는 개인 자금으로 할 건가요?"

성선회가 고개를 저었다.

"그 정도의 개인 자금은 없습니다. 그래서 별도의 투자자를 모집할 생각입니다."

대진이 두말하지 않고 고개를 끄덕였다.

"좋습니다. 그러면 호광용 대인과 협의해서 결정을 알려 드리도록 하겠습니다."

성선회가 두 손을 모았다.

"감사합니다. 부디 좋은 소식이 있기를 기대하겠습니다."

그가 돌아가자 대진은 사람을 보내 호광용을 불렀다.

호광용은 곤혹스러워했다.

성선회가 참여하게 될 줄은 생각지도 못했기 때문이다. 그러나 은행에 주주가 많을수록 좋다는 대진의 말에 그는 흔쾌히 동조해 주었다.

그 대신 두 가지를 확약받자고 제안했다.

경영에 간섭하지 말 것과 별도의 은행을 설립하지 않는다는 조건이었다.

대진은 그의 제안에 적극 동조했다.

다음 날 대진은 직접 윤선초상총국을 방문해 성선회와 만났다. 그러고는 두 가지 조건을 제시했으며 성선회는 이를 바로 수락했다.

이로써 청국을 대표하는 두 사람의 거상이 극동은행 설립에 참여했다. 생각지도 않은 결과였으나 미래를 생각하면 결코 나쁘지 않았다.

대진은 본국으로 협상 내용을 즉시 타전했다.

그리고 며칠 후.

은행설립준비단이 상해로 넘어왔다. 대진은 이들에게 뒤처리를 맡기고는 홍콩으로 건너갔다.

대진이 홍콩을 찾은 것은 몇 년 만이었다. 그런 홍콩은 이전에 비해 훨씬 더 북적이고 있었다.

상해에서 미리 연락해 놓아 빅토리아항구에는 영사관에서

사람이 나와 있었다. 덕분에 간단하게 입국 수속을 마치고는 영사관으로 건너갔다.

대한제국영사관은 홍콩의 수도인 빅토리아의 중심부에 있다. 그런 영사관의 정문 앞에서 홍콩영사가 기다리고 있었다.

홍콩영사 홍명현은 경화사족 출신으로 지난해 초 두 번째 영사로 부임해 있었다. 대진도 몇 번 인사했던 사이여서 반갑게 인사를 나눴다.

대한제국은 홍콩을 전략적인 투자 대상으로 규정하고 있었다. 이러한 인식은 마군 출신들이 갖고 있는 미래 지식 때문이었다.

대진도 영사관의 규모에 감탄했다.

"영사관의 규모가 상당하네요."

"후작님께서 주도하신 바대로 홍콩에다 전략적으로 투자를 진행하고 있는 상황입니다. 그래서 우리 국민들이 다수가 이주해 와 있는 상황이어서 영사관의 규모도 다른 어느 지역보다 크지요."

홍콩 투자는 대진이 주도한 일이었다. 그래서 누구보다 그런 사정을 잘 알고 있었다.

"홍콩은 국익을 위해서라도 적극적인 투자를 해 나가야 합니다. 대한무역에서도 꾸준히 투자를 진행할 예정이지요."

홍명현이 상황을 설명했다.

"처음에는 대한무역이 시작했지만 지금은 다른 회사들도

많이 들어와 있습니다."

"오! 그래요? 어떤 회사들이 들어와 있습니까?"

"홍콩은 인건비가 본국에 비해 저렴합니다. 먹고 자는 것만 해결해 주어도 될 정도로요. 그래서 섬유 회사들이 대거 들어와 있지요."

대진이 놀랐다.

"인건비가 그 정도로 낮습니까?"

"청나라의 쿨리들에 대해서는 후작님께서도 잘 아시지 않습니까?"

"당연히 잘 알고 있지요."

"서양에서 쿨리들을 노예처럼 학대하는 것이 알려지면서 청나라가 쿨리의 대외 진출을 차단했지요. 그로 인해 청국 강남에는 장소를 막론하고 쿨리들이 넘쳐 납니다. 그런 쿨리들이 홍콩에 일자리가 있다는 것을 알고서 몰려들고 있지요."

"홍콩 정부에서 통제하지 않습니까?"

"홍콩 정부가 국경지대에 철조망까지 설치하기는 했습니다. 하지만 바다로 강으로 넘어오는 숫자가 많아 단속이 어려운 실정입니다. 그리고 홍콩 정부가 일부러 조장하는 면도 없지 않고요."

"일부러 쿨리들을 넘어오게 한다는 말인가요?"

"그렇습니다. 홍콩 정부에서는 신계 지역을 대대적으로 개발하려고 합니다. 그러기 위해서는 값싼 인력이 많이 필요하고요. 그래서 은근히 국경 단속을 허술히 하는 경향이 있다고 합니다."

"청국 정부에서 국경 관리를 하지 않습니까?"

홍명현의 고개가 저어졌다.

"대륙의 사정이 최악입니다. 그렇다 보니 청국도 거의 형식적으로 단속하는 정도입니다."

"지난번에 만났던 총독대리는 인도에서 인력을 대거 들여온다고 했었는데 아니군요."

"인도에서도 상당한 숫자가 들어오기는 합니다. 그러나 대륙에서 넘어오는 한족들의 숫자에는 비할 바가 아니지요."

"그렇군요. 어쨌든 그로 인해 우리나라 기업체가 득을 보고 있는 것은 분명한 사실이네요."

"물론입니다."

"부동산 개발은 잘 진행되고 있습니까?"

홍명현의 고개가 벽으로 돌아갔다. 그가 바라보는 지도에는 홍콩 섬의 개발 현황이 표시되어 있었다.

"우선적으로 토지를 꾸준히 매입하고 있는 중입니다. 그렇게 매입한 토지에는 지역 사정에 맞게 상가와 주택을 건설해 임대를 주고 있고요."

"분양은 하지 않지요?"

"그렇습니다. 나중의 재개발을 위해서 반드시 임대를 주고 있습니다."

"잘하고 있군요."

"그런데 홍콩에는 어쩐 일이십니까?"

대진이 극동은행 설립에 관해 설명했다. 그 말을 들은 홍명현이 격하게 환영했다.

"아주 적절한 시기에 은행 설립이 추진되는군요. 홍콩에는 영국계 회사뿐만이 아니라 유럽 각국과 미국 회사들이 속속 진출하고 있습니다. 그런 회사들을 상대하기 위해서라도 은행은 무조건 설립되어야 합니다. 그렇지 않아도 은행 설립을 본국에 제안하려고 했었습니다."

"홍콩상해은행의 위상은 어느 정도인가요?"

"상당하다고 봐야겠지요. 우선은 5개 홍콩달러의 발권은행 중 하나입니다. 아울러 영국동인도회사의 후신이다 보니 그 후광도 상당하고요. 그렇다 보니 설립하자마자 홍콩 최고의 은행이 되었습니다."

"홍콩달러가 5개의 은행에서 발행됩니까?"

"그렇습니다."

"놀랍군요. 작은 땅에서 발권은행이 5개나 되다니요. 우리처럼 대한은행 하나만 해도 충분한데 말입니다."

"저희도 상당히 당황스럽기는 합니다. 하지만 홍콩총독부에서 화폐 발행을 철저히 관리하고 있어서 문제는 없는 것으로 압니다."

"그렇다면 다행이군요."

"극동은행도 발권은행이 될 수 있을까요?"

대진이 고개를 저었다.

"쉽지 않을 것입니다. 극동은행이 아무리 커진다고 해도 홍콩 정부가 기득권을 나눠 주려 하겠습니까?"

홍명현의 고개가 절로 끄덕여졌다.

"그렇겠지요. 후작님의 일정을 어떻게 잡으면 좋겠습니까? 은행 지점을 설립하기 위해서라면 홍콩총독을 먼저 만나 보는 것이 좋으시겠지요? 아니면 다른 계획이 따로 있으신지요?"

대진이 계획을 설명했다.

"우선은 우리나라 공장들이 입주하고 있는 신계(新界)공업단지를 먼저 둘러보고 싶네요. 홍콩총독과의 면담은 그 이후에 일정을 잡도록 하지요."

신계공업단지는 대진과 전임 홍콩총독이 협의해서 만든 대한제국 전용 공단이다. 대진은 그런 신계공단이 얼마나 변했는지 직접 둘러보고 싶었다.

홍명현도 바로 알아들었다.

"알겠습니다. 그러면 내일 일찍 신계를 둘러보실 수 있도록 준비해 놓겠습니다."

"부탁드립니다."

이날 대진은 일찍 잠자리에 들었다.

5장

다음 날.

대진은 홍명현과 신계로 넘어갔다.

그러고는 마차를 타고 신계공업단지로 이동했다.

신계공업단지는 침사추이[尖沙咀]에서 멀지 않은 칭이 섬과 마주하고 있는 해안에 위치했다.

배산임수인 공단은 물이 풍부하고 청국 광주와도 거리가 가까웠다. 공단 주변은 개발이 거의 진행되고 있지 않은 미개척지였다.

대진이 공단을 둘러봤다.

"아직은 공단에 빈 곳이 많네요."

홍명현이 공단을 가리켰다.

"그렇습니다. 처음 터를 잡을 때부터 공단 부지를 넓게 조성해 놓았습니다. 그래서 보시는 대로 아직은 빈터가 상당합니다."

"하루빨리 이 공단에 공장들이 전부 들어왔으면 좋겠네요. 그렇게 되면 홍콩에서 우리나라의 입지가 더한층 커질 터이니 말입니다."

"그랬으면 얼마나 좋겠습니까?"

"사업하는 분들도 홍콩에 자주 들어옵니까?"

"수시로 들어오고 있습니다. 송상(松商)이 만든 개성상사와 몇 개 회사는 지점까지 설치했고요."

대진도 본국에서 사정을 들었다.

"무역회사 지점이 설치되었다는 말은 들었습니다."

"예, 그들을 도와주기 위해서라도 극동은행 지점이 빨리 설치되어야 합니다."

"준비단이 상해에 들어왔으니 곧 발족하게 될 것입니다."

"후작님께서 은행도 관장하시게 됩니까?"

대진이 고개를 저었다.

"아닙니다. 저는 설립만 주도할 뿐 은행은 전문가들이 운영하게 될 겁니다. 아마도 대한은행을 비롯해 시중은행에서 다수를 발탁할 것입니다."

홍명현도 동조했다.

"전문분야는 전문가가 관장하는 것이 좋지요."

"그렇습니다. 그래서 극동은행이 지점장과 간부들에게는 일정 금액까지 투자나 대출에 대한 전권까지 부여해 줄 생각입니다. 그 대신 수시 감사를 통해 부정부패를 철저하게 차단할 계획이고요."

"맞습니다. 은행을 잘 운영하는 것도 중요하지만 부정부패를 철저하게 단속하는 일이 더 중요합니다. 그래야 사고가 발생하지 않으면서 은행에 대한 신뢰도도 상승하게 될 것입니다."

"그렇지요."

대진은 마차를 타고 공단을 둘러봤다.

공단에는 몇 개의 공장이 성업 중에 있었다. 그런 공장의 바깥에는 넋을 놓고 앉아 있는 쿨리들이 늘어서 있었다.

그런 모습이 너무도 대비되었다.

홍명현이 그 점을 지적했다.

"저렇게 기다리고 있다고 해도 일자리가 나오지 않을 텐데. 안타깝네요."

그런데 이때였다.

갑자기 공장 문이 열리더니 몇 사람이 앞으로 나왔다.

"짐을 운반할 사람 50명 나오시오."

이 말과 함께 수십 명이 몰려들었다.

공장 직원은 그런 사람 중 선착순으로 50명을 뽑았다. 그러고는 그들을 안으로 데리고 들어갔다.

뽑히지 않은 사람들은 안타까워했으나 누구도 이의를 제기하지 않았다. 그리고 잠시 후 들어갔던 사람들이 등에 큰 짐을 지고 밖으로 나왔다.

그러고는 바로 앞에 있는 포구로 내려갔다.

포구에는 대기하고 있는 선박이 있어서 이들이 가져온 짐을 차곡차곡 선적했다.

대진은 의아했다.

"아니, 마차를 이용하면 간단할 텐데 왜 사람을 써서 저러는 거지?"

홍명현이 바로 알아봤다.

"아마도 경비도 아낄 겸해서 저들에게 배려하는 것 같습니다."

"그게 무슨 말입니까?"

"이곳 홍콩에서는 말보다 사람의 인건비가 훨씬 쌉니다. 마차가 있더라도 어차피 싣고 내리는 것은 사람이 해야 하고요. 그래서 항구도 가깝고 하니 아예 저처럼 쿨리들을 고용해 물건을 나르는 것 같습니다."

대진으로선 씁쓸한 장면이었다. 그러나 한편으로는 고개가 끄덕여지지 않을 수 없었다.

"일종의 고육지계라고 해야겠네요."

"그렇습니다. 저렇게 하염없이 기다리는 사람들을 공장에서 무조건 외면하기도 어려울 겁니다. 그래서 같은 값이면 마차보다는 쿨리들을 고용해서 일 처리를 하는 것 같습니다.

더불어 경비도 어느 정도는 절약할 수 있을 것이고요."

대진이 문제를 지적했다.

"간단히 볼 사안은 아니네요. 지금은 공장이 몇 개 없어서 저래도 되지만 공장이 많아지면 문제가 될 것 같네요. 특히 저들 속으로 불순분자들이 스며들게 되면 쿨리들을 선동해 난동을 일으킬 수도 있습니다. 그런 문제를 예방하기 위해서라도 공단을 분리하는 것이 좋겠네요."

"그러려면 총독부의 협조를 얻어야 합니다."

대진이 장담했다.

"영사님께서 구태여 나서실 필요가 없습니다. 이번에 제가 홍콩총독을 만나면 그 부분의 협조를 받아 내도록 하지요."

"그렇게 해 주신다면 저야 너무 고맙지요. 그런데 공장 안은 둘러보지 않으시겠습니까?"

대진이 고개를 저었다.

"아닙니다. 제가 방문하면 공연히 업무에 지장을 초래하게 됩니다. 오늘은 이렇게 둘러보고 돌아가도록 하지요."

"하하! 예, 그렇게 하십시오."

대진은 공단 주변까지 둘러보고서 돌아왔다.

그리고 다음 날 홍콩총독을 예방했다.

"어서 오시오. 홍콩총독대리이며 준남작인 윌리엄 헨리 마쉬(William Henry Marsh)입니다."

"반갑습니다. 대한제국 후작 이대진이라고 합니다."

총독대리가 아는 척을 했다.

"그렇지 않아도 말씀을 많이 들었습니다. 우리가 신계를 얻는 데 많은 도움을 주셨다고요."

"본국에 주재하는 해리 파크스 영국공사와는 인연이 깊습니다. 그래서 지난 전쟁에서 중재를 부탁드렸고요."

"그랬군요. 우리는 본래 신계 지역을 100년간 조차를 하려고 계획했습니다. 그러다 해리 파크스 공사의 활약 덕분에 아예 할양받게 되었지요."

"총독대리께서는 홍콩에 대해 잘 아시나 봅니다."

"물론입니다. 제가 홍콩에 근무한 지가 20년이 되어 갑니다. 총독대리도 이번이 두 번째이고요. 그래서 누구보다 홍콩에 대해 잘 알고 있지요."

"오! 총독대리를 두 번이나 맡다니 대단하십니다."

윌리엄 헨리 마쉬의 코가 높아졌다.

"하하하! 감사합니다."

"이번에 은행을 새로 설립하려고 합니다."

대진은 극동은행 설립에 대해 설명했다. 윌리엄 헨리 마쉬 총독대리가 흔쾌히 고개를 끄덕였다.

"그런 일이라면 당연히 도움을 드려야지요."

"앞으로 잘 부탁드립니다."

"아닙니다. 우리 홍콩 정부는 누구라도 오셔서 사업을 영위해 주기를 바라고 있습니다. 귀국에서 설립하게 될 극동은행 지점도 필요한 사안이 있다면 언제라도 말씀해 주십시오. 적극적으로 도와드리겠습니다."

"감사합니다. 그리고 다른 부탁을 드릴 일이 있습니다."

대진이 신계공단에서 본 상황을 설명해 주었다.

윌리엄 헨리 마쉬가 침음했다.

"으음! 상황이 그렇게 좋지 않습니까?"

"지금 당장은 아닙니다. 하지만 대책을 강구하지 않으면 얼마 가지 않아 문제가 발생할 가능성이 아주 높습니다."

윌리엄 헨리 마쉬가 적극 나섰다.

"알겠습니다. 무엇을 도와드리면 되겠습니까?"

"우선은 경찰을 파견해 주셨으면 합니다. 그리고 공단 주변에 철조망을 치고 싶은데, 이에 대한 총독부의 허가가 필요합니다."

윌리엄 헨리 마쉬는 두말하지 않았다.

"알겠습니다. 경찰청에 지시해서 바로 조치해 드리겠습니다."

대진이 진심으로 고마워했다.

"제 요청을 받아 주셔서 감사합니다."

윌리엄 헨리 마쉬가 크게 웃었다.

"하하하! 당연히 들어드려야지요. 지금 우리 홍콩에 가장 많은 투자를 하는 나라가 귀국입니다. 더구나 신계를 할양받는 데 결정적 도움을 주신 후작님의 부탁인데 어떻게 들어드리지 않을 수 있겠습니까? 그리고 치안 유지는 우리 총독부가 반드시 해내야 하는 과업이기도 하고요."

총독대리가 이렇게 나오자 대진은 너무도 기분이 좋았다.

대화가 끝나자 윌리엄 헨리 마쉬는 이날 저녁 만찬에 대진을 초대했다.

대진은 당연히 초대에 응했으며, 홍명현 영사와 함께 총독부를 찾았다.

만찬에서 윌리엄 헨리 마쉬는 홍콩 개발에 적극적인 도움을 요청했다.

대한제국은 본래부터 홍콩 개발에 적극적으로 참여할 계획을 갖고 있었다.

그랬기에 총독대리의 투자 요청을 흔쾌히 받아들였다. 덕분에 만찬은 화기애애하게 진행되었다.

대진은 홍콩에서 며칠 머물렀다.

홍콩 투자의 효율적인 방식에 대해 영사와 협의하기 위해서였다. 이러는 동안 대진은 두 차례나 총독부를 방문해 만찬을 가졌다.

그렇게 며칠 시간을 보낸 대진은 홍콩과 상해를 오가는 정기여객선을 타고 상해로 돌아왔다. 상해에서는 극동은행 설립이 본격적으로 추진되고 있었다.

본점은 상해공공조계 와이탄(外灘)의 맞은편 강변에 새로 건설하기로 했다. 대진은 상해에서 잠시 머물면서 은행 설립 과정을 지켜봤다.

그러던 대진이 요양으로 귀환한 것은 연말이 다 되어서였다. 귀국한 대진은 황제를 알현해 은행 설립과 홍콩에서의 상황을 보고했다.

보고를 받은 황제는 만족했다.

"상해도, 홍콩도 발전 속도가 상당하네요. 그곳에 있는 우리 신민들이 모두 열심히 노력한다니 짐도 기분이 좋습니다."

"외국에 나가면 모두가 애국자라는 말이 있습니다. 그만큼 모든 국민들이 본국에서 보다 훨씬 더 많은 노력을 한다는 의미이지요."

"외국에서 나가서 고생하는 국민들도 있습니까?"

"철저하게 계획해서 내보내고 있기 때문에 아직은 없습니다."

"다행이네요. 그리고 얼마 전에 러시아공사 베베르가 짐에게 공식적으로 요청해 왔습니다. 대륙철도부설을 정식으로 논의했으면 좋겠다고요."

대진이 반색했다.

"아! 그렇습니까?"

"그래서 이 후작이 귀국할 때까지 기다리라면서 확답을 주지 않습니다. 그러니 후작께서 베베르 공사와 만나 그 문제를 매듭짓도록 하세요."

"바로 만나 보겠습니다, 폐하."

"잘 협의하셔서서 국익에 최대한 도움이 되도록 해 주세요."

"명심하겠습니다."

보고를 마친 대진이 황제의 접견실을 나왔다. 그러고는 자신의 집무실로 가서는 비서를 러시아공사관으로 보냈다.

다음 날.

대진이 베베르 공사와 만났다.

"상해를 다녀오셨다고요?"

"예, 그렇습니다."

"요즘 외교가에서 이 후작께서 상해에서 은행 설립을 주도한다는 소문이 있습니다. 사실이 맞습니까?"

대진이 숨기지 않았다.

"상해와 홍콩은 국제무역항으로 폭발적인 성장을 할 것입니다. 그래서 지난해부터 은행 설립을 준비해 오고 있었는데 업무 추진이 거의 막바지에 이르렀습니다."

"은행 창립은 언제 하는 겁니까?"

"내년 3월입니다."

"얼마 남지 않았군요."

"그렇습니다."

"상해를 거점으로 홍콩에 지점을 여는 겁니까?"

"아닙니다. 천진을 비롯한 개항장에 모두 지점을 열 예정입니다. 그리고 청국 조정과 협의해서 내륙으로 진출할 것이고요."

베베르 공사가 놀랐다.

"그게 가능한 일입니까? 청국은 외국계 은행의 내륙 진출을 불허해 온 것으로 아는데요."

대진이 싱긋이 웃었다.

"우리 대한제국과 청나라는 특수 관계입니다. 그래서 당장은 아니어도 머잖아 허가 나올 것입니다."

베베르 공사가 감탄했다.

"허! 놀라운 일이군요. 그런데 청나라는 외국에 대해 상당히 배타적인데 외국계 은행이 자리를 잡아 나갈 수 있겠습니까?"

"방금도 말씀드렸다시피 우리와 청나라의 관계가 있어서 별문제는 없을 것입니다. 그리고 그러한 난제를 해결할 방안도 만들어 두었고요."

베베르 공사가 고개를 끄덕였다.

"후작님께서 추진하는 일이니 사전에 만반의 준비를 다해놓았군요. 역시 대단하십니다."

"과찬이십니다."

대진이 본론으로 들어갔다.

"공사께서 우리 황제 폐하께 대륙종단철도 부설을 정식으로 논의하고 싶다고 하셨다고요?"

베베르 공사가 고개를 끄덕였다.

"그렇습니다. 귀국의 철도가 벌써 본국과의 경계인 만저우리[滿洲里]까지 진출했더군요."

대진이 다른 부분도 지적했다.

"그뿐이 아닙니다. 연해주의 블라디보스토크에서 아무르 강 연안의 하바롭스크까지의 철도도 곧 개통을 앞두고 있습니다."

"아! 그렇습니까?"

"예, 그리고 북방 일대의 중심 노선도 이미 완공했지요. 그래서 지금은 간선과 지선 공사를 하고 있어서 인력은 차고 넘칩니다."

베베르 공사가 놀랐다.

"대단합니다. 어떻게 몇 년 만에 그 넓은 지역의 주요 선로를 모두 부설할 수 있었던 것입니까?"

대진이 설명했다.

"경험 많은 인력이 많은 덕분이지요. 거기에 철로를 비롯한 기자재의 공급이 원활했고요. 우리 대한제국은 국가균형 발전을 위해 가장 먼저 철로부터 건설합니다. 그리고 나서 개척민들을 투입하지요. 그렇게 되면 철도를 중심으로 도시가 형성되는데 그런 도시가 하얼빈을 비롯해서 많습니다."

"우리와는 정반대로군요. 우리는 시베리아로 사람을 먼저 보내 요새를 개척했지요. 그런 뒤 개척민을 대대적으로 보내 도시를 만들었고요."

"당시에는 철도가 없었으니 어쩔 수 없었을 것입니다. 이제라도 그런 시베리아의 도시를 연결하는 철도를 건설하게 되었으니 다행한 일이지요."

베베르 공사도 동조했다.

"그 말은 맞습니다. 그러면 어떤 방식으로 추진하면 좋겠습니까?"

"본국 노선은 이미 완공을 앞두고 있어서 더 이상의 인력은 필요하지 않습니다. 그러니 귀국에 부설될 노선은 귀국 상황을 최대한 따르겠습니다."

"배려해 주셔서 감사합니다."

베베르 공사가 가져온 서류를 내밀었다.

서류는 러시아어와 한국어로 작성되어 있었다.

베베르 공사가 양해를 구했다.

"귀국이 파견한 기사들이 그동안 측량한 결과를 토대로 작성한 서류입니다. 아쉽게 우리 측에서 한글에 능통한 사람이 없어서 번역에 오류가 있을 수도 있으니 그 점은 미리 양해를 구합니다."

"괜찮습니다. 이해가 되지 않는 부분은 직접 여쭙지요."

"그렇게 하십시오."

대진이 서류를 넘겼다.

한동안 서류를 살피던 대진이 크게 고개를 끄덕였다.

"구간별로 공사를 나눠 하자는 말씀이군요. 그러기 위해서는 우리 측에서 기술자를 귀국의 현장에 파견해야 하고요."

베베르가 즉각 동의했다.

"맞습니다. 귀국의 기사들이 다행히 시베리아의 도시들을 기점으로 조사를 실시했습니다. 그 바람에 구간을 나누기가 아주 용이하게 되었지요. 그래서 건설 경험이 없는 우리에게 귀국의 기술자가 파견되어 공사하자는 겁니다. 그렇게 동시다발적으로 공사한다면 공기를 크게 단축시키지 않겠습니까?"

대진이 즉석에서 동조했다.

"옳은 말씀입니다. 측량만 제대로 되어 있다면 구간별로 공사해도 문제가 되지는 않을 겁니다."

대진이 서류의 지도를 짚었다.

"그런데 문제는 이르쿠츠크에서 아무르강의 하구까지의 노선입니다. 이곳은 지형도 험할뿐더러 귀국의 전용 노선이지 않습니까? 이번 사업은 그 노선을 어떤 식으로 시공하느냐가 관건인 것 같습니다."

베베르 공사의 안색도 흐려졌다.

"그렇습니다. 모스크바에서 이르쿠츠크까지는 귀국과 합작할 노선이어서 별로 걱정이 되지 않습니다. 합작에 투입되는 공사 비용도 크게 걱정하지 않고요. 그러나 방금 후작님이 지적한 노선이 문제인 것은 맞습니다."

"우리가 치타(Чита) 방면으로 노선을 돌릴 수도 있습니다. 그렇다고 해도 아무르강 하구까지는 3,000여 킬로미터가 됩니다."

베베르 공사가 정식으로 제안했다.

"그 노선에 대한 공사비를 귀국이 차관으로 공여해 주셨으면 합니다. 가능하면 공사까지도 전담해 주시고요."

대한제국은 사방이 적이었기에 러시아와 가까워지는 전략을 세워 놓고 있었다. 그런 러시아에게 차관을 제공하는 것은 나쁘지 않았다.

대진이 먼저 확인했다.

"그러면 다른 노선의 공사비에 대해서는 공동으로 부담하실 수 있습니까?"

베베르 공사가 흔쾌히 동의했다.

"그렇습니다. 귀국이 동부 노선을 책임져 준다면 나머지 노선 공사는 공사비를 공동 부담해서 일정 기간 공동경영하려고 합니다."

철도부설에는 인건비가 많은 부분을 차지한다.

그런데 대한제국은 아직 포로가 많았다. 그래서 공사비 공동 부담도 좋은 조건이었다.

대진이 확인했다.

"공동 경영 기간은 얼마로 예상하십니까?"

러시아도 대륙철도부설에 대해 다양한 조사와 연구를 해왔다. 그래서 베베르 공사의 대답도 거침이 없었다.

"먼저 공사 예산을 공정하게 산정해야겠지요. 그러고 나서 투입 예산 총액과 이자를 결정하는 겁니다. 거기에 일정 인센티브를 감안한 금액을 정한 뒤 그 금액이 정산될 때까지로 하지요."

대한제국으로서도 나쁘지 않았다.

"좋습니다. 그러면 공사비부터 산정을 하시지요."

베베르 공사가 난처한 표정을 지었다.

"그런데 우리는 모스크바와 상트페테르부르크 간의 선로도 프랑스 자본으로 깔았습니다. 그래서 우리가 자체적으로 갖고 있는 기준표가 없는 상황입니다."

대진의 대답이 바로 나왔다.

"그 부분은 조금도 걱정하지 않아도 됩니다. 우리 대한제국은 10년 넘게 철도부설을 이어 오고 있지요. 그래서 다양한 현장의 경험치가 많아서 그 기준에 맞게 공사비를 적용하면 됩니다."

베베르 공사가 반색했다.

"그렇게 하면 되겠군요. 그러면 본국에 연락해 재무성의 담당 관리를 즉각 파견해 달라고 요청하겠습니다."

"그렇게 하십시오. 우리는 귀국의 담당관이 오기 전까지 우리 방식대로의 공사비를 먼저 산정해 놓겠습니다."

"그렇게 해 주신다면 더없이 고마운 일이지요."

두 사람은 앞으로의 일정에 대해 협의했다. 협의는 대체적으로 대진의 제안대로 이뤄졌다.

협의를 마친 대진은 기자를 불렀다.

경제가 발전하면서 언론도 자연스럽게 활성화되었다. 더구나 대한제국이 역내 최강국이 되면서 해외 특파원들도 다수 들어와 있었다.

그 바람에 기자회견장에는 20여 명의 내외신 기자들이 모여들었다.

"우리 대한제국과 러시아제국은 모스크바에서 요양을 잇는 대륙종단철도를 부설하기로 협의했습니다."

펑! 펑! 펑!

순간 십여 번의 플래시가 터졌다.

"이번에 부설하게 되는 대륙종단철도는 9,300여 킬로미터의 본선과 지선을 포함하면 1만 킬로미터가 넘는 엄청난 길이입니다."

대진의 설명은 한동안 이어졌다.

철도가 세상에 등장하고 수십 년이 지났다. 그동안 수많은 노선이 건설되었으나 대륙종단철도처럼 긴 노선은 지금까지 없었다.

미국의 횡단철도가 3,000여 킬로미터가 안 된다. 캐나다의 횡단철도는 3,000킬로미터가 조금 넘는 정도다.

"지금까지 지구상에는 수많은 철도가 부설되었습니다. 그러나 이번에 부설될 대륙종단철도보다 긴 노선은 결단코 없었습니다. 그런 철도노선을 우리 대한제국과 러시아가 합작하여 건설합니다."

대진의 발표를 들은 기자들의 눈에서 빛이 뿜어졌다.

기자들은 대진의 설명을 적어 나가느라 정신이 없었다.

이들은 양국이 합작해서 철도를 부설한다는 사실에 주목했다.

러시아는 철도부설 능력이 없다는 것을 대부분의 기자들은 알고 있었다. 그래서 양국의 합작은 대한제국의 기술력으로 대륙종단철도가 부설된다는 사실을 어렵지 않게 유추해 냈다.

하지만 겨우 5년의 공사 기간을 설정했다는 사실을 듣자 모두가 놀랄 수밖에 없었다. 그래서 기자들의 취재 열기는 더없이 뜨거웠다.

기사가 나가고 세상은 놀랐다.

캐나다는 10년, 미국 횡단철도는 6년의 시간이 걸렸다. 그런데 그보다 3배나 긴 대륙종단철도를 겨우 5년 만에 준공한다고 한다.

지금까지 대한제국을 잘 모르던 유럽과 미국 등지의 사람들은 이 발표에 크게 놀랐다. 그러면서 대한제국이 보유한 기술력에 대해 폭발적인 관심을 드러냈다.

그리고 해가 바뀐 3월.

펑! 펑! 펑! 펑!

본계약이 체결되었다. 대한제국에서는 대진이, 러시아에서는 외무장관이 직접 참석해 날인했다.

이날은 지난겨울 발표 때보다 2배나 많은 기자들이 몰려들었다. 유럽과 미국에서 특별히 기자가 파견되어 열띤 취재 경쟁을 했다.

취재를 마친 외국 기자들은 요양을 둘러봤다. 이들은 요양 시내가 철저한 계획도시라는 사실에 놀랐다.

그리고 요양 시내를 누비고 다니는 많은 자동차를 보며 놀랐다. 그리고 자동차들 사이로 다니는 화물차들을 보면서 더 놀랐다.

유럽이나 미국으로 대한자동차가 상당히 수출되고 있었다. 그러기 때문에 각국의 주요 거리에서 자동차를 보는 일은 이제 일상이 되었다.

그러나 경유기관을 장착한 화물차는 아직 본격적인 수출을 하지 않고 있었다. 내수시장에 공급하는 일이 더 급했기 때문이었다.

그래서 기자들은 처음 보는 화물차에 연신 카메라 셔터를 눌러 댔다. 그렇게 요양을 둘러본 기자들은 거의 전부 역으로 몰려갔다.

이들은 경유기관차에 대한 보도를 이미 접하고 있었다. 그러나 직접 보는 것은 처음이었기에 하나같이 경유기관차를 취재하고 싶어 했다.

철도공사는 이런 취재 열기에 부응해 기자들을 위해 특별히 공개해 주었다. 그러고는 기자들과 외교관들을 위해 시승식까지 해 주었다.

경유기관차가 세상에 나오고 어언 1년이었다. 유럽과 미국의 철도 회사들은 경유기관차의 성능에 대해 엄청난 관심을 갖고 있었다.

이들도 경유기관차가 증기기관차보다 훨씬 효율적이라는 사실을 모르지 않았다. 그러나 대한제국에서 만든 물건이었기에 안정성에 대한 의구심이 많았다.

그래서 지난 1년여 동안 지켜보고 있었다. 그런 관심이 모여서 이번 조인식에 예상보다 많은 기자들이 몰려온 것이다.

시승한 기자들은 하나같이 감탄했다.

기자들은 각국의 우려가 기우에 지나지 않았음을 직접 경험할 수 있었다. 그렇게 착공식과 경유기관차를 취재한 기자들은 취재한 내용을 급히 본사에 송고했다.

송고된 기사는 하나같이 특종이어서 전 세계 신문의 1면을 장식했다. 게재된 기사는 사업에 관련된 사람들의 관심을 폭증시켰다.

경유기관차는 이미 폭발적인 관심을 갖고 지켜보고 있었다. 여기에 경유화물차까지 개발되었다는 기사에 세상이 들썩였다.

기사 덕분에 유럽 각국과 미국 사업가들이 대거 대한제국을 찾는 결과를 낳았다.

외국에서 온 기자들은 대진의 활약상을 잘 알고 있었다.
그런 기자들은 거의 전부 대진에게 면담을 요청했다.

대진은 기자들의 취재에 성실히 임했다. 그렇게 하는 것이
대한제국의 위상을 좀 더 많이 알릴 수 있었기 때문이다.

덕분에 한동안 바쁘게 보냈다.

3월의 북방은 아직 공사를 시작하기 이른 시간이다. 그래
서 땅이 굳는 4월 말, 수상을 비롯한 내각 대신들과 함께 만
저우리까지 올라갔다.

착공식에는 인근에 살고 있는 수많은 원주민도 모여들었다.
그들이 지켜보는 가운데 대륙종단철도 착공식을 거행했다.

거의 동시에 모스크바를 비롯한 주요 거점에서도 착공식
이 거행되었다. 이러한 공사 방식은 이례적인 일이어서 세간
의 관심을 끌기에 충분했다.

착공식을 마친 대진이 귀환하고 며칠이 지났을 무렵, 생각
지도 않게 프랑스공사가 방문했다.

대한제국과 프랑스는 한차례 전쟁을 겪은 관계였다. 그래
서인지 수교했음에도 프랑스는 개별적인 만남은 거의 갖지
않았다.

그런데 갑자기 프랑스공사가 방문한 것이다.

대진은 의아했으나 환대했다.

"어서 오십시오, 공사님."

콜랑 드 플랑시(Collin de Plancy) 프랑스공사가 환하게 웃으며 하례했다.

"축하드립니다. 이번 대륙종단철도 착공식에 엄청난 인파가 몰렸더군요. 그렇게 많은 외국 기자들이 참석할 줄 몰랐습니다."

"감사합니다. 저도 기자들이 그렇게나 많이 몰릴 줄 몰랐습니다."

"그게 다 귀국의 기술력이 뛰어나다는 의미 아니겠습니까?"

플랑시 공사는 은근히 대한제국의 기술력을 치켜세웠다. 대진은 그런 모습이 생경했으나 어쨌든 칭찬이었다.

"좋게 봐주셔서 감사합니다. 철도 기술은 귀국도 상당히 발전해 있지 않았습니까?"

플랑시 공사가 은근히 속내를 비쳤다.

"물론이지요. 본래는 러시아가 본국의 기술력을 받아들이려고 협상했는데 귀국과 합작해서 솔직히 아쉽기는 합니다."

대진은 '그럼 그렇지.' 하는 생각으로 받아넘겼다.

"러시아가 현명한 판단을 했겠지요. 그런데 오늘은 어쩐 일이십니까?"

그러자 플랑시 공사가 가져온 서류를 내밀었다.

그것을 본 대진이 탄성을 터트렸다.

"아! 귀국에서 만국박람회가 열립니까?"

플랑시 공사가 더 놀랐다.

"동양에서는 지금까지 만국박람회가 열린 적이 없었습니다. 그런데도 후작님께서는 만국박람회를 아시나 봅니다."

대진도 직접 박람회를 본 적은 없었다. 그러나 박람회가 무엇을 하는 행사인지는 알고 있었다.

"여러 나라가 참여해서 각국의 물건을 전시하고 두루 살펴보는 행사로 알고 있습니다. 그러나 제가 박람회를 직접 본 적은 없지요."

"그렇군요. 내년 본국의 수도인 파리에서 박람회를 개최합니다. 말씀대로 세계 각국이 참여해서 자국의 상품을 전시 홍보하지요. 그 박람회에 귀국도 참여하셨으면 해서 초대장을 가져왔습니다."

대진이 초대장을 집어 들었다. 그런데 너무도 낯익은 구조물이 초대장에 그려져 있었다.

대진이 무심결에 말했다.

"에펠탑이로군요."

플랑시 공사가 깜짝 놀랐다.

"아니, 후작님께서 아직 완공도 되지 않은 에펠탑을 어떻게 아십니까?"

대진은 순간 난감해졌다.

'이런! 파리 하면 떠오르는 것이 에펠탑이어서 나도 모르게 입에서 나왔네. 그런데 아직 만들어지지는 않았나 보구나.'

대진이 급히 말을 돌렸다.

"얼마 전에 들은 귀국에 관한 소식 중에 에펠이라는 사람이 철골 탑을 만든다는 내용이 있더군요."

대진이 적당히 얼버무리며 대답했다. 그 말을 플랑시 공사가 찰떡같이 알아들었다.

"후작님께서도 에펠이 만들고 있는 탑에 대한 소문을 들으셨나 보군요."

"조금 시끄럽다는 말을 들었습니다."

"맞습니다. 포스터 전면에 그려진 탑은 철골 기술자 에펠이 프랑스대혁명 100주년과 만국박람회를 기념해 만들고 있는 철탑이지요. 그런데 철탑이 기괴하게 생겼다고 해서 여러 문학가들이 격렬하게 반대하고 있어요. 파리의 아름다움을 헤친다는 이유로요."

"그렇군요. 그런 반대에도 불구하고 프랑스 당국은 건설을 강행하고 있다는 말씀이군요."

플랑시 공사가 사정을 설명했다.

"그렇습니다. 지난 1851년 런던에서 개최되었던 박람회 당시 유리로 만든 초대형 전시관을 만들어졌지요. 그 전시관이 수정궁이라는 이름으로 런던의 명물이 되어 있고요. 그런 런던에 맞서 파리에도 상징물을 건설하자는 취지에서 철탑을 건설하고 있는 겁니다. 그 대신 20년 동안만 유지한다는 조건으로요."

그건 대진이 모르는 일이었다.

"아! 해체가 조건이란 말이군요."

"예, 그렇습니다."

플랑시 공사가 파리에서 열리는 만국박람회에 대해 상세히 설명했다. 그 말을 다 들은 대진이 의아해했다.

"말씀은 잘 들었습니다. 그런데 초청장을 왜 저에게 주시는 겁니까? 본래라면 외무부에 제출해야 하는 거 아닙니까?"

"본래는 그래야지요. 그렇지만 귀국에서는 후작님이 대부분의 대외 업무를 전담하시는 것 같아서 이렇게 찾아뵌 것입니다."

그 말에 대진은 두말하지 않았다.

"알겠습니다. 우선은 주무부서의 협의를 거쳐야 하니 결과는 추후에 알려 드리겠습니다."

"기왕이면 꼭 참석해 주시기 바랍니다. 동양에서는 박람회가 잘 알려지지 않았지만 유럽과 미국에서는 대규모 국제 행사로 널리 알려져 있습니다. 그래서 박람회가 열릴 때마다 주요 국가에서는 거의 전부 참여하고 있지요. 그렇기 때문에 각국의 공업 발전상을 한눈에 둘러볼 수 있기도 하고요."

대진은 마지막 말에 주목했다.

'교통과 통신이 발달하지 않은 상황이다. 그런 시대에서라

면 만국박람회가 신제품 홍보의 장으로서 충분한 가치가 있겠구나.'

"각국에서 신제품을 많이 전시하나 보네요."

"그렇습니다. 만국박람회는 자국의 기술력을 선보이는 자리여서 공산품은 물론이고 각종 신제품이 다양하게 전시되지요. 귀국도 독점을 하고 있는 자동차와 경유기관차를 비롯해 여러 공산품을 전시하시면 됩니다. 그런 물건들이 전시되면 그 자리에서 계약이 체결될 수도 있지 않겠습니까?"

대진도 수긍했다.

"그럴 수도 있겠네요."

"파리는 유럽의 중심이지요. 그래서 박람회 기간 동안 여러 나라 사람들이 방문한답니다. 그러니 공산품뿐만이 아니라 귀국의 토산품이나 공예품도 전시하세요. 그러면 귀국을 잘 모르는 유럽인들에게 귀국을 홍보하는 기회가 될 것입니다."

"무슨 말씀인지 잘 알겠습니다. 참여를 긍정적으로 검토해 보겠습니다."

"잘 부탁드립니다."

플랑시 공사가 돌아갔다. 대진은 만국박람회를 대한제국의 발전상을 알릴 좋은 기회로 판단했다.

대진은 곧바로 수상을 방문했다.

그러고는 파리 만국박람회의 초대장과 함께 자신의 생각을 밝혔다. 수상도 대진의 의견에 적극 동조하며 내각회의를 소집했다.

수상이 상황을 설명했다.

"……이렇게 프랑스에서 초대장을 보내왔는데 대신들의 생각은 어떠한지요?"

대신들은 대진이 가져온 초대장을 회람했다. 그런 대신들 중 마군 출신들은 에펠탑을 보며 하나같이 의미심장한 표정을 지었다.

외무대신이 나섰다.

"저는 무조건 참여해야 한다고 생각합니다. 그리고 본국의 상품을 전시하는 것에서 머무르지 말고 유능한 인재들을 선발해 견학을 시켰으면 합니다."

공업대신도 적극 동조했다.

"맞습니다. 본국의 기술력이 급격하게 발전하고 있기는 합니다. 그러나 유럽이나 미국은 이미 100여 년 전부터 산업화된 상황이어서 기초체력이 아주 탄탄합니다. 그런 서양 기술의 현주소를 알기 위해서라도 많은 인재들을 견학시켜야 한다고 생각합니다."

두 사람 모두 마군 출신 대신들이었다. 그들에 이어 마군 출신 대신들 모두 적극적인 참여를 지지하고 나섰다.

대진도 거들었다.

"만국박람회는 아주 좋은 기회입니다. 본국의 우수한 기술력을 알림과 동시에 서양의 기술력을 살펴볼 수 있는 기회입니다. 그래서 저는 여러 대신님의 말씀대로 많은 인재들을 견학시켰으면 좋겠습니다."

다른 대신들도 적극적으로 동조했다.

수상이 정리했다.

"대신들께서 모두 찬성하니 파리 만국박람회는 거국적으로 참여하기로 결정하겠습니다. 그에 따른 세부 계획은 별도의 기구를 만들어 통합 관리하는 것이 좋겠습니다."

이 안도 만장일치로 통과되었다.

내각은 만국박람회참가지원단을 만들었다. 그리고 교육부 국장인 김홍집을 단장으로 선임했다.

단장이 된 김홍집이 대진을 찾았다.

"오랜만에 뵙습니다, 후작님."

"오랜만입니다. 이번에 준비단장에 선임되신 것을 축하드립니다."

"감사합니다. 그렇지 않아도 그 일로 후작님의 조언을 듣기 위해 찾아뵈었습니다."

대진이 흔쾌히 승낙했다.

"말씀하십시오. 제가 도와드릴 부분이 있다면 무엇이든 돕겠습니다."

"박람회에 출품할 물건의 선정은 별로 어렵지 않을 것 같습니다. 자동차나 경유기관차, 플라스틱 등 본국이 독점하고 생산품이 꽤 되니까요. 하지만 박람회를 견학시킬 인원은 어

떻게 얼마나 선정해야 할지 모르겠습니다. 이 점을 후작님께
서 도와주셨으면 합니다."

"인원을 어느 정도 보낼 생각이십니까?"

"숙식과 모든 경비를 지급해야 해서 너무 많은 인원은 곤
란하지 않겠습니까? 그래서 100~200명 정도로 예상하고 있
습니다."

대진이 고개를 저었다.

"너무 적습니다. 백문이 불여일견이라는 말이 있습니다.
이번 견학은 우리나라 지식인들의 인식을 한 단계 상승시키
는 데 큰 기여를 하게 될 겁니다. 그러니 적어도 1,000명 이
상 보냈으면 좋겠네요."

김홍집이 깜짝 놀랐다.

"그렇게나 많이 보낸다고요?"

"그래야 박람회 참여의 효과를 극대화할 수 있습니다."

"하지만 예산이 너무 많이 들어갑니다."

대진이 고개를 저었다.

"예산은 조금도 걱정하지 마세요. 대한무역에서 특별히
여객선을 배정해 참여 인원을 정기적으로 수송하지요. 그리
고 필요 경비도 전적으로 지원하겠습니다."

김홍집이 감격했다.

"참으로 감사합니다. 대한무역에서 그렇게 해 주신다면
인원을 대폭 늘릴 수 있습니다."

대진이 잠시 생각했다.

"인원을 2,000명 정도로 정합시다."

김홍집이 또 한 번 놀랐다.

"2,000명은 너무 많지 않습니까?"

"아닙니다. 절대 많지 않습니다."

대진이 잠시 생각했다.

"……우선 전국의 대학교에서 교수와 학생 500명을 선발합시다. 정부의 신진 관리 중에서 200명을, 군에서도 200명을 선발하고요. 산업계에서 300명을 선발하는 겁니다. 그리고 제국 의회 의원 전원을 대상자로 삼고 나머지는 민간인의 참여 신청을 받아 선발하면 될 것입니다."

"민간인 500명을 참여시키면 딱 2,000명이 되겠군요."

"그렇습니다. 민간인들은 신문 공고를 통해 모집하는 겁니다. 그러면 자연스럽게 전국적으로 관심을 유발시킬 수 있을 것입니다."

김홍집도 적극 동조했다.

"맞습니다. 요즘은 신문에다 공고하는 것이 가장 좋습니다."

두 사람은 이때부터 머리를 맞댔다.

며칠 후.

대한제국의 파리 만국박람회 참여가 결정되었다는 기사가 신문의 1면을 장식했다. 그 기사의 한쪽에는 견학 신청자를 모집한다는 공고도 함께 게재되었다.

개혁으로 대한제국은 급속히 발전하고 있다. 개항과 함께 다양한 서구 문물이 쏟아져 들어왔다.

더구나 공교육이 실시되면서 다양한 지식을 접하게 되었다. 그러면서 서양에 대한 관심도 이전과는 비교할 수 없을 정도로 높아졌다.

이러한 때에 공고가 나간 것이다.

모집공고는 사람들의 폭발적인 관심을 불러일으켰다. 그 바람에 지원서는 엄청나게 밀려들어서 준비단을 곤혹스럽게 만들었다.

대진은 준비단 일을 도와주며 바쁜 시간을 보냈다. 그런 와중에 극동은행이 창립되면서 상해와 홍콩, 천진도 몇 차례 드나들었다.

준비단은 파리 만국박람회에 출품할 제품 선정에 많은 고심을 했다.

대진도 이런 회의에 수시로 참여해 의견을 개진했다.

그러면서 대한제국이 세상에 자랑할 수 있는 물건이 의외로 많다는 사실에 놀라기도 했다.

그렇게 회의를 거듭해서 선발된 제품은 몇 차례에 걸쳐 프랑스로 보냈다.

해가 바뀐 1889년 3월 중순.

박람회준비단, 그리고 1회 관람 인원 300명을 태운 여객선이 출발했다. 이 여객선에 대진도 단장인 김홍집과 함께 승선했다.

영구에서 출발한 여객선은 상해와 대만의 대북, 그리고 홍콩을 거쳐 인도양을 가로질렀다. 그리고는 중동도의 도하를 들렀다가 수에즈를 통과해 프랑스의 마르세유에 도착했다.

대부분의 참여자들은 해외 영토에 가 본 적이 없었다. 그런 주민들을 위해 일부러 이런 여정을 잡아 국가에 대한 자부심을 키워 주려 했다.

이러한 의도는 대성공을 거뒀다.

대부분은 여객선을 타 본 적도 없었다. 그래서 처음에는 호기심과 두려움을 함께 갖고 있었다.

그런 사람들이 중간 기착지를 둘러보면서 대한제국의 위상을 실감했다. 그러다 인도양을 가로질러 중동의 도하에 도착해서는 크게 놀랐다.

중동에 대한제국 영토가 생겼다는 사실을 모르는 사람들은 없다. 사람들은 대한제국이 사막의 모래땅까지 강역으로 만들었다는 사실에 자부심과 자긍심이 한껏 고양되었다.

이러다 보니 프랑스에 도착한 사람들은 하나같이 당당했다. 그리고 누가 뭐라고 하지도 않았는데 철저하게 질서를 지키며 움직였다.

이들은 대기하고 있던 특별열차를 타고 파리까지 올라갔다.

그러고는 시간이 남은 며칠 동안 파리를 알차게 여행했다.

대진은 그동안 박람회를 둘러봤다. 개최를 며칠 앞둔 탓에 전시장의 내부는 물건을 전시하느라 북새통을 이뤘다.

그야말로 온갖 물건이 다 있었다.

전시 물건 중에는 기계 설비와 공작기계가 각각 한 동을 차지할 정도로 많이 들어와 있었다. 그런 물건 중에는 대한 제국에 당장 도입해도 될 물건들도 상당히 많았다.

대진은 동행한 비서들에게 그러한 물건들을 일일이 기록 하게 했다. 그러다 모르는 부분이 있으면 관계자들에게 질문 도 서슴지 않았다.

해당 물건 관계자들은 성실히 대답해 주었다.

개최 이전에 전시장을 돌아다니는 것은 행사 관계자뿐이 었기 때문이다. 더구나 대진이 비서까지 대동하고 질문했기 에 구매자로 보였다.

이러던 사흘째.

대진은 이날도 외국의 문물을 둘러보는 데에 시간을 보냈 다. 그리고 대한제국 전시부스로 돌아왔다.

대한제국은 이번 박람회에 그동안 개발된 각종 물건들을 거의 전부 출시했다. 그 바람에 각국의 행사 관계자들로 늘 북적였다.

이날도 경유기관차를 비롯해 자동차와 화물차에 많은 사 람들이 몰렸다. 자동차연구소 진동만이 대진을 보고는 환하게 웃었다.

"어서 오십시오, 후작님."

"소장님이 고생이 많습니다."

"하하하! 괜찮습니다. 몸은 조금 고될지 몰라도 마음만큼은 날아갈 듯 좋습니다."

"외국 자동차 회사 관계자들이 자주 찾아오지요?"

"그렇습니다. 지금은 유럽과 미국에서 크고 작은 자동차 회사들이 대거 생겨나는 시기입니다. 그런 자동차들의 대부분이 이번 박람회에 출품되었더군요."

"하긴, 미국관에 가 보니 자동차가 몇 종류 나오기는 했더군요. 모터-사이클(Motor-Cycle)이란 이름으로요."

진동만도 고개를 끄덕였다.

"예, 저도 가서 봤는데 의외로 모터카(Motor-Car)가 아닌 모터-사이클로 불리더군요. 그리고 전부가 우리처럼 5인승이 아닌 2~3인용이더군요."

"맞습니다. 전부가 우리와는 현격한 기술력의 차이가 보이더군요."

진동만이 어깨를 폈다.

"당연하지요. 그런 차를 차로 부르지 않고 사이클로 부르는 것이 어쩌면 당연할 수도 있습니다. 솔직히 미국관의 자동차들은 지붕조차 없는 완전 초기 형태여서 판매가 될지도 의문스럽더군요."

그렇게 말한 진동만은 화물차를 손으로 짚었다.

"여기 와서 보니 우리 자동차 기술이 적어도 20~30년은 앞섰다는 사실을 확실히 알겠더군요."

대진이 지적했다.

"그 말씀은 맞습니다. 하지만 결코 자만해서는 안 된다는 사실을 소장님께서는 잘 아실 것입니다."

"물론입니다. 미국의 저력이 어떻다는 것을 절대 잊지 않고 있습니다. 그래서 돌아가는 대로 가격이 싼 차를 만들 계획을 세워 보려고 합니다."

"자동차를 모델별로 차별화하시려는 거군요."

"그렇습니다. 미국도 10~15년 정도면 우리 기술력을 따라올 것입니다. 그러기 전에 중산층을 공략할 수 있는 저가의 모델을 개발해서 대량생산 체제를 구축해 보려고 합니다."

"좋은 생각입니다. 그러려면 나름대로 시스템을 구축해야 하는데, 가능하겠습니까?"

진동만이 자신했다.

"준비는 이미 다 갖춰져 있습니다. 그동안의 노력으로 자동차 부품의 규격화를 최적화했습니다. 아울러 대량생산에 필요한 컨베이어시스템도 확실하게 자리를 잡았습니다."

"미국에다 공장을 지으실 것입니까?"

진동만이 고개를 끄덕였다.

"제 생각은 그렇습니다. 저가의 차가 만들어지면 주요 부품은 본국에서 만들어서 미국에서 조립생산 하는 방식으로 추진해 보려고 합니다."

대진이 기대감을 내비쳤다.

"기대가 됩니다. 기왕이면 국민차라는 말을 들을 정도로 견고하고 실용적이었으면 좋겠네요. 그래야 본국에서도 소비가 일어나지 않겠습니까?"

진동만이 다짐했다.

"꼭 그렇게 되도록 만들어 보겠습니다."

"필요한 사항이 있으면 언제라도 말씀하십시오. 제 힘껏 도와드리겠습니다."

"감사합니다."

대진은 기분이 좋았다.

대한자동차가 외국보다 앞서 있다는 것은 잘 알고 있었다. 그러나 지금까지는 미국이나 유럽 진출에 대해 생각하지 있지 않았다.

그런데 만국박람회에서 외국의 자동차 기술력을 보고서 달라졌다. 특히 미국의 자동차는 아직 초기 수준을 벗어나지 못하고 있었다.

그것을 보고는 미국을 제대로 공략해 보자는 분위기가 형성되었다. 대진은 이러한 분위기가 생긴 것만으로도 기꺼웠다.

기분 좋은 대화를 마친 대진은 전시된 물건을 둘러보다가 눈을 크게 떴다. 일단의 외국인들이 대한제국의 전시부스로 몰려들었기 때문이다.

대진이 그들 옆으로 다가갔다.

그때 한 사람이 영어로 질문했다.

"이게 무슨 물건이지요?"

담당 직원이 영어로 대답했다.

"우리 회사가 발명한 무선통신기입니다."

그 사람이 깜짝 놀랐다.

"무선통신기가 벌써 상용화되었다고요?"

"그렇습니다. 지난해부터 상용화되어 본격적으로 보급되고 있는 중입니다."

"놀랍군요. 동양 국가에서 무선통신이 벌써 상용화되었다니요."

담당 직원이 권했다.

"직접 사용해 보시겠습니까?"

"좋습니다."

사내는 직원의 안내로 선이 없는 마이크를 잡았다. 직원이 능숙하게 무선통신기를 조작했다.

"말씀해 보시지요. 참고로 반대편의 무선 기사는 이 전시관의 끝에 있습니다."

사내가 무전기로 대화를 시도했다.

"여보세요. 들립니까?"

그러자 반대편에서 유창한 영어가 들려왔다.

─예, 잘 들립니다.

그 순간 모여 있던 사람이 술렁였다.

사내도 놀라 몇 마디 질문을 추가했다. 그 질문을 맞은편에서 능숙해 대답하자 주변이 더 술렁였다.

그 모습을 지켜보던 대진이 사내에게 다가갔다. 그러자 무전기로 대화를 나누던 사내가 대진을 바라봤다.

대진이 사내에게 물었다.

"어디서 온 누구십니까? 저는 대한제국의 후작인 이대진이라고 합니다만."

사내가 자신을 소개했다.

"후작님이셨군요. 나는 미국에서 온 에디슨전력회사의 사장 토머스 에디슨(Thomas Edison)입니다."

대진이 역사 속의 인물에 놀랐다.

"토머스 에디슨 사장입니까?"

토머스 에디슨이 어리둥절했다.

"나를 아십니까?"

"직접 본 것은 오늘이 처음이지만 미국의 유명한 사업가라는 사실은 잘 압니다. 특히 전기 부문에서 뛰어난 성과를 거두고 있다고 들었습니다."

토머스 에디슨이 흡족해했다.

"맞습니다. 미국 동부의 전력 대부분을 우리 회사가 책임지고 있지요."

그렇게 말한 에디슨이 감탄했다.

"그런데 참으로 대단합니다. 한국이 자동차와 경유기관차를 상용화할 정도로 기술력이 뛰어나다는 사실은 알고 있습니다. 제가 타고 다니는 승용차도 귀국에서 만든 차이지요."

"오! 본국의 자동차를 타고 계십니까?"

"나뿐만이 아니라 우리 미합중국의 이름깨나 있는 사람들 모두 같을 겁니다. 웬만한 정치인들도 마찬가지일 것이고요."

"그렇군요."

"그래서 기계공업이 발달했다는 사실은 알고 있었는데, 이렇게 무선통신 기술까지 발명해 낼 줄은 몰랐습니다."

대진이 적당히 겸양했다.

"아직 초기 단계일 뿐입니다. 미국에서도 무선통신에 대해 다양한 연구를 하고 있는 것으로 아는데요."

에디슨이 인정했다.

"맞습니다. 우리 회사에 근무했던 니콜라 테슬라(Nikola Tesla)도 퇴사한 뒤 자신의 회사를 차려 무선통신 연구에 몰두하고 있지요."

대진은 니콜라 테슬라라는 이름에 눈을 크게 떴다. 그런 모습을 본 토머스 에디슨이 의아해했다.

"니콜라 테슬라도 알고 있습니까?"

대진은 니콜라 테슬라의 전기를 읽었을 정도로 그에 대해 나름 잘 알고 있었다. 그러나 그런 사실을 토머스 에디슨에게 알려 줄 수는 없었다.

"잘 알지는 못합니다. 하지만 상당히 유능한 과학자라는 소문은 들었습니다."

토머스 에디슨도 인정했다.

"유능하기는 정말 유능하지요. 그러나 아쉽게도 독선적이고 괴팍해서 사람들과 잘 어울리지 못하는 단점이 문제입니다."

"대부분의 과학자들이 나름대로 독선과 아집이 있지 않겠습니까?"

"그렇기는 합니다."

"어쨌든 에디슨 사장께서 인정하는 과학자라니, 한번 만나 보고 싶군요."

에디슨이 대수롭지 않게 대답했다.

"우리보다 먼저 유럽에 왔습니다. 고향에 갔기 때문에 아마도 오늘이나 내일이면 나를 만나러 올 겁니다. 그때 후작님께서 보고 싶어 한다는 말을 전해 드리지요."

"그렇게 해 주시면 더없이 고맙겠습니다."

토머스 에디슨은 무선통신뿐 아니라 자동차와 기관차에 대해서도 큰 관심을 가졌다. 그러다 전기를 교류로 사용한다는 말에 기분이 상한 듯 더 이상 말을 하지 않고 돌아갔다.

그다음 날.

대진은 혹시나 하는 생각에 아침부터 전시장을 지키고 있

었다. 그러던 중 콧수염을 기른 키가 큰 미남이 혼자서 다가
왔다.

대진은 그를 본 순간, 그가 테슬라 전기 속의 사진과 똑같
다는 것을 바로 느낄 수 있었다.

테슬라가 무선통신기를 살펴보고 있을 때 대진이 다가갔다.

"혹시 니콜라 테슬라 사장이십니까?"

니콜라 테슬라가 깜짝 놀랐다.

"저를 아십니까?"

"어제 에디슨전기회사의 토머스 에디슨 사장이 다녀가면
서 인상착의를 말씀해 주셨지요. 그래서 혹시나 했습니다."

니콜라 테슬라도 반색했다.

"후작님이십니까? 그렇지 않아도 에디슨 사장으로부터 말
씀을 들었습니다."

"그렇습니다. 이대진이라고 합니다."

두 사람이 반갑게 악수했다.

인사를 마친 니콜라 테슬라는 무선통신기에 대한 질문부터
했다. 이때부터 대진과 테슬라는 열띤 대화를 주고받았다.

대화는 거의 토론 형식이었다.

그의 질문에 제대로 답을 해 주기 위해 담당 직원까지 내
세워야 했다.

대진은 대화하면서 테슬라가 무선통신에 대해 상당히 연
구했다는 것을 알 수 있었다. 테슬라도 대화하며 대한제국의

높은 기술력에 몇 번이고 감탄했다.

이렇게 시작된 대화는 전시된 각종 제품으로 이어졌다. 테슬라는 마치 연수를 온 사람처럼 질문을 했으며 대진은 그를 위해 담당 직원까지 대동하면서 친절하게 대해 주었다.

그리고 얼마 후.

테슬라가 감탄했다.

"대단하군요. 귀국의 기술력이 이토록 뛰어날 줄은 몰랐습니다. 한나절 동안 둘러봤지만 시간이 너무도 빨리 지나갔습니다."

대진이 슬쩍 그를 띄웠다.

"우리도 대단하지만 테슬라 사장도 대단합니다. 어떻게 그 많은 부분의 기술을 알고 있는 겁니까? 말씀을 나누다가 우리가 모르는 범위까지 알고 있는 것에 많이 놀랐습니다."

테슬라가 펄쩍 뛰었다.

"아닙니다. 저야 과학자니까 그렇다지만 일반인이신 후작님의 기술 지식이 이처럼 뛰어난 것에 감탄했습니다."

대진이 테슬라와 대화할 수 있었던 것은 미래 지식 때문이었다. 미래 지식이 없었다면 그와 대화하는 것 자체가 거의 불가능했을 것이었다.

"과찬입니다. 본국에는 저보다 뛰어난 학자들이 무수히 많지요."

"그렇습니까?"

대진이 레이더 기술에 대해 슬쩍 흘렸다.

"테슬라 사장께서는 전파를 이용해 멀리 있는 물체를 탐지하는 기술에 대해 아십니까?"

그 말에 테슬라가 깜짝 놀랐다.

6장

놀란 테슬라는 말까지 더듬었다.

"아, 아니 귀국에서도 그 기술에 대한 연구를 하고 있었습니까?"

대진이 싱긋이 웃었다.

"물론이지요. 우리는 그와 관련한 연구를 오랫동안 지속해 왔지요. 그래서 지금은 연구 단계를 넘어 거의 상용화 직전까지 와 있지요."

테슬라가 눈에서 불을 뿜었다.

"제가 한번 볼 수 없겠습니까?"

대진이 크게 웃었다.

"하하하! 죄송하지만 어렵습니다. 개발 중인 기술을 그냥 보여 줄 수는 없지요."

테슬라는 크게 아쉬워했다. 그러다 자신의 부탁이 잘못되었다는 것을 깨닫고는 바로 고개를 숙였다.

"아! 맞습니다. 그럴 수는 없겠지요."

"하지만 방법이 전혀 없는 것은 아닙니다."

테슬라가 큰 관심을 보였다.

"제가 어떻게 하면 됩니까?"

"우리 대한제국에서 사용하는 모든 전력이 교류인 것은 아십니까?"

그 말에 테슬라가 감동했다.

이즈음 미국에서는 직류를 고집하는 에디슨의 에디슨전기와 테슬라의 교류 기술을 매입한 웨스팅하우스와 전류 전쟁이 벌어지고 있었기 때문이다.

"그렇습니까?"

"예, 우리가 연구한 바에 따르면 교류가 훨씬 안정적인 것이 확인되었지요. 그래서 일부를 제외하면 기본적으로 교류를 사용하고 있지요."

테슬라가 격하게 공감했다.

"맞습니다. 전기는 교류가 최고입니다."

"예, 맞습니다. 그리고 무선통신을 응용한 다양한 기술을 연구하고 있지요."

대진은 응용 기술을 잠깐 알려 주었다.

테슬라의 눈이 더 빛났다.

그런 테슬라를 보며 대진이 제안했다.

"우리 대한제국에서는 다양한 과학자를 초대하고 있습니다. 그리고 과학자들이 연구할 수 있는 기반도 상당히 잘 조성되어 있고요. 테슬라 사장께서도 첨단과학을 깊이 연구하고 싶다고 생각하신다면 한번 본국과 인연을 맺어 보시지요."

은근하지만 갑작스러운 초대였다.

니콜라 테슬라는 순간적으로 당황할 수밖에 없었다. 아무리 대한제국의 기술에 놀랐다지만 생면부지의 나라에 무작정 찾아갈 수는 없었다.

대진이 말을 이었다.

"갑작스러운 제안에 놀라셨을 겁니다. 하지만 저는 이런 기회가 오기를 기다려 왔지요."

테슬라는 어리둥절했다.

"저에 대해 잘 아십니까?"

대진이 그를 치켜세웠다.

"내면적인 부분은 솔직히 모릅니다. 하지만 기술 발전과 신기술 개발에 모든 정력을 쏟고 있는 천재 과학자라는 사실은 잘 알고 있지요."

천재라는 말에 그의 입꼬리가 올라갔다.

"내가 천재라고요?"

"당연히 천재지요. 그러나 개발하는 기술이 너무 앞서 있어서 현실에 적용하는 데 많은 어려움이 있는 것도 압니다."

"놀랍군요. 처음 보는 후작님께서 저에 대해 이렇게 잘 알고 계실 줄은 몰랐습니다."

"그만큼 테슬라 사장께 관심이 많다는 의미겠지요."

"으음! 놀랍군요. 생면부지의 동양 국가에서 저에게 이런 관심을 보이다니요."

"처음이어서 쉽게 결정하기 어려울 것입니다. 그래서 이런 제안을 드리고 싶군요."

"무슨 제안입니까?"

"본국에서 미국까지 정기여객선이 운항하고 있습니다. 그러니 이번 박람회를 둘러보고 돌아가는 길에 우리나라를 들러 보시지요. 그리고 본국의 연구소를 둘러보시면서 생각을 정리해 보는 건 어떻겠습니까? 뭐, 마음에 들지 않으면 그대로 돌아가시면 되고요."

나쁘지 않은 제안이었다. 니콜라 테슬라의 마음이 은근히 기울기 시작했다.

"저와 같은 외인이 방문해도 연구소를 개방해 줍니까?"

"하하하! 다른 사람이라면 안 되지요. 하지만 테슬라 사장은 제가 초대하려는 과학자 아닙니까? 아주 중요한 부분만 아니라면 개방을 하겠습니다. 필요하다면 기술을 공유할 기회도 드리지요."

테슬라도 이 말에 기꺼이 동조했다.

"알겠습니다. 돌아가는 길에 들르겠습니다."

대진이 손을 내밀었다.

"초대에 응해 주셔서 감사합니다."

"아닙니다. 너무도 관심이 가는 부분이 많아서 과학자로서 꼭 한 번은 찾아보고 싶군요."

이날 두 사람은 전시장 문을 닫을 때까지 많은 대화를 나눴다.

박람회 개최 당일이 되었다.

어마어마한 인파가 몰렸다.

김홍집과 대한제국 관리들은 300명의 인원을 질서 있게 유도했다. 덕분에 조금의 불상사도 일어나지 않고 다양한 관람을 할 수 있었다.

대진은 파리에서 일주일을 머물렀다. 본국에서 데려온 사람들이 박람회를 충분히 둘러볼 시간을 주기 위해서였다.

그런 다음 귀국길에 올랐다.

이 여정에 니콜라 테슬라와 그의 일행이 함께했다. 돌아오는 길은 갈 때와 달리 유구도의 나패항을 들렀다가 영구(營口)까지 직항했다.

대진은 귀국하는 여객선에서 테슬라와 많은 대화를 나눴다. 대화의 주제는 대부분 그가 개발하려 하는 신기술에 관해서였다.

대화할수록 대진은 놀라지 않을 수 없었다. 그가 천재라는 사실은 이미 알고 있었지만 그의 과학적인 상상력은 놀라울 정도였다.

그리고 지금은 구현이 어렵지만 미래에는 상용화된 기술이 많다는 점에도 놀랐다. 그런 화제로 대화를 할 때면 니콜라 테슬라도 크게 놀랐다.

덕분에 대화는 더 풍성해졌다.

대진은 그를 꼭 잡고 싶었다. 그렇게 해서 대한제국의 기술력을 한 단계 상승시키고 싶었다.

그 일환으로 비서를 시켜 그와의 대화 내용을 빠짐없이 기록하게 했다. 그러면서 미래 지식을 적당히 던져 주면서 그의 흥미를 유도했다.

이러한 대화를 테슬라는 너무도 좋아했다. 덕분에 영구에 도착했을 때는 경계심이 완전히 없어졌다.

대진은 파리에서 니콜라 테슬라에 대한 전보를 본국에 미리 보냈다. 그래서 요양에 도착했을 때는 20여 명의 과학자와 기술자가 대기해 있었다.

대진이 먼저 이들을 호텔로 데리고 갔다. 그러고는 마중을 나온 사람들과 정식으로 인사를 시켰다.

니콜라 테슬라는 많은 사람들이 자신을 기다리고 있다는 사실에 놀랐다. 그리고 그들 대부분이 과학자이고 기술자라는 사실에 대단히 만족했다.

학자와 기술자들은 마군 출신들이다. 이들은 니콜라 테슬라가 어떤 사람인지 알고 있었다.

처음에는 그에 대해 몰랐던 사람들도 물론 있었다. 그런 사람들도 사전에 정보를 찾아보고 나왔기에 하나같이 호기심이 가득했다.

사람들은 대진이 왜 그를 데려왔는지 너무도 잘 알고 있었다. 그리고 대진이 테슬라와 대화를 나눈 기록을 읽고는 그와 함께 일을 해 보겠다는 의욕으로 가득해졌다.

다음 날부터 견학과 토론이 시작되었다.

대한제국 학자와 기술자들은 그를 진심으로 대했다. 이런 태도에 니콜라 테슬라는 크게 감동했다.

지금까지 대부분의 미국 과학자들은 그를 미친 과학자 취급을 했다. 그래서 그의 능력은 높이 샀지만 그와 연구를 함께할 생각은 하지 않았다.

그래서 테슬라는 늘 외로웠다.

고향인 오스트리아를 떠나 미국에 정착한 이래 지금까지 그는 늘 아웃사이더였다. 더구나 전자 부분을 함께 연구할 사람이 없어서 더 그러했다.

그런데 대한제국은 달랐다.

학자와 과학자들은 자신을 좋아했으며 모두가 전기 전자 기술을 연구하고 있었다. 과학자들은 미래 지식까지 갖추고 있어서 미국에서와 달리 대화가 통하는 사람들이 많았다.

처음 니콜라 테슬라는 가벼운 마음으로 대한제국을 방문했다. 그러다 여객선에서 대진과 대화를 나누면서 그런 생각이 조금 변했다.

그리고 대한제국의 학자와 과학자들과 토론하고 현장을 둘러보면서 완전히 생각이 바뀌었다.

그가 대한제국에 온 지 10일 후.

테슬라가 대진을 찾아왔다.

"한국에서 제대로 된 연구를 해 보고 싶군요."

대진은 두말하지 않았다.

"잘 생각했습니다. 제가 책임지고 연구에 전념할 수 있는 시설을 별도로 만들어 주겠습니다."

니콜라 테슬라가 고개를 저었다.

"아닙니다. 귀국의 전기전자연구소의 시설이면 충분합니다. 그리고 이곳에서는 미국에서와 달리 혼자가 아니라 함께 연구해 보고 싶습니다."

대진이 놀랐다.

"오! 그래요?"

"예, 한국의 학자들과 토론을 해 보니 제 연구가 혼자보다는 여럿이 하는 것이 훨씬 성과가 좋게 나올 거라는 확신이 생겼습니다."

"알겠습니다. 그에 대한 조치를 해 드리지요."

"그래서 제가 직접 미국을 다녀와야 할 것 같습니다. 지금까지 연구한 자료도 챙겨 와야 하고 웨스팅하우스를 비롯한 여러 회사와의 특허계약 관계도 정리하려면 약간의 시간이 필요합니다."

"그렇게 하십시오. 시간이 많이 필요합니까?"

"지금이 7월 중순이니 늦어도 연말 이전에는 돌아올 수 있을 것입니다."

"알겠습니다. 제가 도와드릴 부분은 없겠습니까?"

니콜라 테슬라가 고개를 저었다.

"지금 당장은 없습니다."

다음 날, 대진은 그를 위해 특별히 부산까지 동행하며 전송했다. 이런 호의에 니콜라 테슬라는 진심으로 감사를 표하며 미국으로 떠났다.

몇 개월 후.

니콜라 테슬라는 약속대로 연말이 지나기 전에 돌아왔다. 그는 그동안 자신이 사용하던 엄청난 물량의 각종 기자재를 갖고 돌아왔다.

대진은 이를 위해 기차의 화차 2량을 특별히 배정해 주었다. 그러고는 전기전자연구소의 한쪽 건물에 전용 연구실을 차려 주었다.

이렇게 자리를 잡은 니콜라 테슬라는 본격적으로 연구진에 합류했다. 그가 가장 먼저 합류한 연구는 무선통신에 관해서였다.

마군들은 무선통신의 효용가치에 대해 너무도 잘 알고 있었다. 그래서 최대한 빠르게 전국토를 무선통신으로 연결하려 하려 했다.

이러기 위해서는 안테나를 비롯한 각종 통신장비가 갖춰져 있어야 한다. 제7기동함대는 모든 함정에 무선장비 시스템이 갖춰져 있었다.

제7기동함대의 함정의 통신장비는 최첨단 부품으로 만들어졌다. 그런 통신장비를 지금 시대에 맞게 구현하는 일은 의외로 어려웠다.

그래서 전기전자연구소는 10여 년이 시간을 투입해야 했다. 그런 노력이 결실을 거두며 마침내 무선통신의 기본 골격을 완성할 수 있었다.

그러나 아직은 넘어야 할 산이 많았다.

니콜라 테슬라가 동참하면서 가장 먼저 진공관이 만들어졌다. 테슬라는 오래전에 진공관의 기본 개념을 알고 있었다.

덕분에 그의 기술력이 집약된 진공관이 여러 종류로 만들어졌다. 다양한 진공관이 만들어지면서 무선통신 장비 개발은 급속도로 진행되었다.

대진은 수시로 전기전자연구소를 방문했다. 그러고는 니콜라 테슬라와 다양한 대화를 하면서 그를 지원해 주었다.

그리고 1890년 가을.

드디어 세계 최초로 무선통신망 구축 시스템이 완성되었다. 니콜라 테슬라가 대한제국을 찾은 지 1년여 만의 쾌거였다.

전기전자연구소가 착실히 준비해 온 바탕이 있었기에 가능한 일이었다. 아울러 니콜라 테슬라의 참여도 상당한 역할을 했다.

전기 보급은 그중 결정적이었다.

대한제국은 엄청난 속도로 발전소를 건설하고 있었다. 이렇듯 발전소 건설이 급속도로 진행될 수 있었던 것은 전적으로 울릉유전에서 생산되는 원유 덕분이었다.

대한제국은 서구와의 기술 격차를 줄이기 위해 처음부터 석유산업을 육성했다. 아울러 공업 발전의 근간인 전력산업 발전에 전력을 기울여 왔다.

그 결과 전력 공급이 원활해지면서 화학공업이 꽃을 피웠다. 여기에 내연기관도 상용화되면서 서구보다 급속하게 발전하고 있었다.

시스템 구성이 완성되면서 무선통신 보급이 본격화되었다. 이와 함께 대한제국은 또 한 번 도약을 할 수 있게 되었다.

이해 연말.

중동에서 급보가 날아왔다.

대진은 그동안 수시로 상해와 홍콩 그리고 천진을 방문해왔다. 극동은행의 원활한 운영을 지원하고 관리감독을 위해서였다.

다행히 극동은행은 창립 이후 성공적으로 운영되고 있었다. 더불어 성선회와 호광용이 추진하고 있는 지점 설치 작업도 긍정적으로 진행되고 있었다.

이렇듯 나름의 바쁜 시간을 보내고 있을 때 생각지도 않은 전신이 날아온 것이다. 연락을 받은 대진이 급히 국방부로 들어갔다.

마침 국방대신이 자리에 있었다.

"대신님, 중동에서 급보가 날아왔다니 무슨 일이 생긴 것입니까?"

국방대신 장병익이 대답했다.

"아라비아반도에 전쟁 조짐이 발견되었다는 전문이 왔어."

대진은 중동을 공략하기 위해 아라비아반도의 정세에 대해 많은 연구를 했었다. 그래서 장병익의 말이 끝나기 무섭게 사정을 짐작할 수 있었다.

"아라비아 중앙 일대를 두고 경쟁하던 네지드와 하일 토후국이 전쟁을 벌일 모양이군요."

"역시, 이 후작은 대단해. 전문이 왔다는 말만 들어도 아라비아 상황을 대번에 파악하는구나. 맞았어. 전문에 따르면 두 토후국이 곧 전쟁을 치를 거라는 보고야."

대진이 머릿속의 기억을 더듬었다.

"우리가 중동에 터전을 마련했지만 역사의 흐름은 달라지지 않은 것 같습니다. 기록에 따르면 지금쯤에 두 토후국에 전쟁을 치렀다고 되어 있습니다."

"그래? 그러면 전쟁의 원인도 알고 있겠구나."

"그렇습니다."

대진이 아라비아의 상황을 설명했다.

"……이렇게 됩니다."

"그렇게 되었구나. 정리하면 속국이었던 하일 토후국이 강성해져서 네지드 토후국의 영역까지 넘보고 있다는 거네."

대진이 자신의 생각을 밝혔다.

"그렇습니다. 네지드 토후국은 이전에도 오스만제국의 반기를 드는 바람에 이집트의 공격을 받아 멸망한 전력이 있습니다. 그러다 자력으로 나라를 다시 재건해서 병력을 양성하고 있으니 오스만제국으로서는 눈엣가시였을 겁니다. 그런 사정을 알고 있는 하일 토후국이 오스만에 지원을 요청했을 것이고요."

대진이 한 번 더 아라비아의 상황을 설명했다.

장병익이 고개를 끄덕였다.

"결과적으로는 오스만제국의 정책에 따라 아라비아반도의 상황이 달라졌다는 거잖아."

"맞습니다. 오스만제국에 있어 아라비아 중앙 지역은 별다른 매력이 없는 곳입니다. 그래서인지 지속적인 정책을 펼치지 않고 수시로 정책이 바뀌어 왔습니다. 그런 오스만의 방관적인 정책의 영향으로 네지드 토후국이 세워질 수 있었던 것이고요."

"양측의 전쟁이 원래대로 흐를까?"

대진이 자신 없는 표정을 지었다.

"지금으로선 속단할 수는 없습니다. 우리가 진출한 상황이 어떤 작용을 할지 모릅니다."

"해안 지역도 오스만이 장악하고 있었잖아."

"그렇습니다."

"그렇다면 큰 변수는 발생하지 않겠네."

"하지만 카타르와 바레인도 토후가 없어진 것은 변수가 될 수 있습니다."

장병익이 침음했다.

"흐음! 예상할 수 없는 전쟁은 위험한데. 전쟁이 발발하면 상황이 어떻게 전개될지 모르겠구나."

대진이 제안했다.

"그래서 제가 현장에 가 있는 것이 좋을 것 같습니다."

장병익이 흠칫했다.

"이 후작이 직접 넘어가 보려고?"

대진이 생각을 밝혔다.

"기록에 의하면 네지드 토후국은 전쟁에서 패합니다. 그렇게 멸망해서 토후인 알 사우드 가문이 쿠웨이트로 피신을 하지요. 반면에 하일 토후국은 오스만의 도움을 받아 아라비아 중앙 지역의 패권을 완전히 장악하게 되고요. 네지드의 토후로서는 최악의 상황이 되는 거지요. 그러한 시기에 우리가 손을 내밀어 주면 얼마나 고마워하겠습니까?"

장병익이 눈을 크게 떴다.

"네지드 가문을 지원해서 아라비아의 주인을 바꾸려는 거야?"

대진이 고개를 저었다.

"그건 아닙니다. 저는 나락으로 떨어진 알 사우드 가문이 다시 강성해지도록 뒤를 봐주려는 것입니다. 권토중래는 오로지 그들의 몫이고요."

장병익이 천천히 고개를 끄덕였다.

"이 후작이 이런 말을 한다는 것은 사우드 가문이 다시 부활한다는 거로구나."

"한동안은 망명 생활을 해야 할 것입니다. 그러다 오스만이 약해지는 20세기 초에 알 사우드 가문은 다시 부활하게 됩니다. 그래서 저는 알 사우드 가문과 꾸준히 교류하다가 결정적인 순간에 도움을 주려고 합니다."

"그들이 받아들일까? 저번에 비적도 그들의 사주를 받았다고 했잖아."

대진이 고개를 저었다.

"비적은 이미 지난 일입니다. 그리고 우리가 지원하면 그들은 받아들일 것입니다. 아니, 받아들이도록 만들어야 합니다. 그러면서 본국 영토를 그 가문에게 공식적으로 인정받아 내어야 하고요."

장병익이 어리둥절해했다.

"무슨 소리를 하는 거야? 중동도는 우리가 오스만에게 정식으로 매입한 영토야. 그걸 왜 그들에게 인정받아?"

"미래 때문입니다. 지금은 비록 토후에 불과하지만 역사가 바뀌지 않는다면 알 사우드 가문은 아라비아반도를 통일하게 됩니다. 우리가 알고 있는 사우디아라비아라는 국명이 '알 사우드 가문의 아라비아'라는 의미입니다."

장벽익은 모르는 미래였다.

"아! 그래?"

"그리고 알 사우드 가문은 이슬람 전통 보수주의를 신봉하고 있습니다. 정교일치와 철저한 원리주의, 거기다 과격한 행동주의 이념까지 갖고 있지요. 그런 가문과 척을 지게 된다면 자칫 우리 영토가 화약고가 될 수도 있습니다."

장병익은 군인이었다. 그렇다 보니 해결 방법도 협상보다도 무력을 훨씬 더 선호했다.

"나중이 우려된다면 그들이 가장 허약해졌을 때 제거해 버리는 것이 좋잖아?"

대진이 고개를 저었다.

"아라비아의 토후들은 끈끈하게 연결되어 있습니다. 혈연 관계로 연결된 경우도 많고요. 그리고 가문의 인원이 적잖아서 직계가 끊기면 방계가 토후가 되기 때문에 제거가 쉽지 않습니다."

"잘못하다간 주변의 토후를 전부 적으로 만들 수 있다는 말이구나."

"그렇습니다."

장병익이 고개를 저었다.

"아랍 쪽은 하여튼 복잡해. 그 문제는 이 후작이 알아서 하도록 해."

"감사합니다."

고개를 숙였던 대진이 질문했다.

"레이더 연구는 어떻게 잘되어 가고 있습니까?"

장병익의 표정이 대번에 변했다.

"테슬라의 동참 덕분에 아주 잘되어 가고 있지. 무선통신이 본격화되고 주변 기기가 양산되고 있는 덕분에 곧 실전 배치될 것 같아. 기술 발전은 그 이후부터 급속히 진행되겠지."

"잘되었군요. 니콜라 테슬라가 제 몫을 톡톡히 해내고 있군요."

장병익도 적극 동조했다.

"맞아. 한 사람의 천재가 세상을 바꾼다고 하더니 테슬라가 그런 천재임이 분명해. 우리가 아무리 미래 지식을 갖고 있어도 지금 기술과 접목하려면 늘 문제가 발생했었지. 그런데 니콜라 테슬라는 거꾸로 지금 시대 최고의 기술력을 갖고 있어서 우리의 미래 지식을 조금만 전수해 줘도 기술이 폭발적으로 발전해."

대진도 동조하는 부분이었다.

"맞습니다. 제가 그를 초빙한 이유가 우리의 부족한 부분을 채우기 위해서였습니다."

"그렇지. 이대로라면 10년 이내 무기에다 레이더를 장착할 수 있을 것 같아."

그 말에 대진이 탄성을 터트렸다.

"오! 그 정도입니까? 그렇다면 제대로 된 사격통제장치도 만들 수 있게 되겠군요."

"당연하지. 그리고 지금 연구하고 있는 미사일은 물론이고 유도어뢰까지 만들 수 있지."

"이야! 기술의 파급효과가 대단합니다. 이런 개발 속도라면 우리가 추구하는 거함 거포 시대를 건너뛰겠다는 전략도 어렵지 않게 달성할 수 있겠습니다."

장병익도 크게 고무되어 대답했다.

"그렇지. 레이더에 이어 미사일과 유도어뢰, 거기에 잠수함만 계획대로 생산되면 최고이지. 그러면 20세기 초부터 본격화되는 거함 거포 시대의 삽질을 할 필요가 없어지게 되어 있어."

"맞습니다. 그러기 위해서는 월등한 기술력을 달성해야 합니다."

거함 거포 시대는 20세기 초 영국에서 건조한 드레드노트급 전함이 만들어지면서 시작된다.

드레드노트는 만재배수량 21,000톤이고 12인치 주포를 장착한다. 여기에 증기터빈이 장착되면서 속도도 21노트까지 나온다.

덕분에 드레드노트는 당대 최강으로 거의 천하무적이 된다. 이 전함이 등장하면서 각국은 다투어 거대 전함을 건조하기 시작한다.

거함 거포 경쟁의 시작이었다.

거함이 장착되고 선체가 커지면서 건조 비용은 급격히 증가한다. 당연히 전함 건조에 국력을 집중할 수밖에 없고, 그러면서 경제에 엄청난 부담이 된다.

더구나 운영 경비도 많이 들어 전함을 쉽게 건조하기가 어렵다.

그럼에도 해상 패권을 위해 열강들은 막대한 전비를 쏟아부었다.

그러나 기대와 달리 거대 전함들은 실전에서 그다지 인상적인 활약을 펼치지 못했다. 그리고 2차세계대전이 시작되면서 해전의 주력이 전함에서 항공모함으로 급속히 교체되었다.

그 바람에 그동안 건조되었던 대형 전함들이 대부분 퇴역하게 된다. 이렇듯 거대 전함은 그 위용은 대단했으나 전쟁의 향방에 별 영향을 끼치지 못했다.

그야말로 어마어마한 삽질이었다.

이러한 사정을 잘 알고 있는 대한제국은 거함 거포 경쟁에 뛰어들 계획이 없었다. 그 대신 비대칭전력으로 레이더와 미사일, 유도어뢰와 잠수함 개발에 전력을 기울이고 있었다.

대한제국은 그동안 부단히 노력해 각종 기술력이 꽃피우려 하고 있었다. 이러한 시기에 니콜라 테슬라가 합류하면서 상승작용이 나타나고 있었다.

국방부를 나온 대진은 황궁으로 들어갔다. 그러고는 황제를 알현하고는 중동의 상황을 보고했다.

"……해서 제가 직접 중동으로 넘어가 보려고 합니다."

"지금 당장 넘어가려고 합니까? 당장 전쟁이 발발하는 것이 아니라면 연말은 본국에서 보내도록 하시지요. 나랏일도 중요하지만 집안을 다스리는 일도 가장이 마땅히 해야 할 일입니다. 바쁜 일이 아니면 연말과 정초는 가족과 보내는 것이 좋지요."

대진은 황제의 말에 갑자기 가족들에게 미안한 생각이 들었다. 그런 생각이 들자 두말하지 않고 고개를 숙였다.

"알겠습니다. 폐하의 말씀처럼 설을 지나고서 중동으로

넘어가겠습니다."

"잘 생각했습니다."

이해 연말, 대진은 그 어느 때보다 가정에 충실했다. 이런
노력 덕분에 연말 연초의 집 안에는 늘 웃음꽃이 피었다.

다음해 1월 중순.

대진이 여객선에 올랐다.

대한제국은 중동 이주 정책을 적극적으로 추진하고 있었
다. 그러나 본토에서 워낙 거리가 먼 탓에 아직은 많은 숫자
가 이주하지 않고 있었다.

그렇지만 상징적인 의미 때문에라도 정기여객선을 운행하
고 있었다. 그 대신 적자의 폭을 줄이기 위해 상해와 홍콩을
중간 기착지로 여객을 수송하고 있었다.

대진이 탄 여객선도 상해와 홍콩을 들렀다가 도하에 도착
했다. 몇 년 만에 찾은 도하는 모든 것이 변해 있었다.

이전에는 항구가 빈약해 웬만한 다우범선도 선착장에 정
박을 못 했다. 그 바람에 작은 배로 육지를 왕복해야 했다.

그러했던 항구가 이제는 방파제와 제법 긴 선착장이 건설
되었다. 제대로 된 포구가 생긴 덕분에 여객선도 안전하게
정박할 수 있었다.

사정은 바레인도 마찬가지였다.

바레인은 바다가 얕아서 도하보다 항구 건설이 어려운데도 긴 선착장이 건설되어 있었다. 그런 선착장과 포구에는 진주 양식 배 수십 척이 닻을 내리고 있었다.

중동의 두 곳을 들른 여객선은 최종 목적지인 담맘에 도착했다. 담맘의 항구 시설은 도하와 바레인보다 몇 배나 크게 건설되고 있었다.

담맘의 바로 옆에는 카티프가 있다.

카티프는 알 하사와 함께 아라비아반도 최대의 오아시스 지역 중 하나다. 이런 카티프는 담맘과 바레인처럼 주민 대다수가 시아파들이다.

카티프는 한때 네지드 토후국에 점령된 적이 있었다.

네지드 토후국은 철저한 원리주의를 신봉하고 있어서 시아파를 상당히 차별했다.

그러다 오스만제국에 의해 재차 점령되었다가 대한제국에 양도된 것이다.

대한제국은 법으로 종교의자유를 철저하게 보장하고 있다. 그래서 이슬람의 종파인 시아파와 수니파를 조금도 차별하지 않는다.

이런 대한제국의 종교 정책을 시아파들이 적극 지지하고 있었다.

담맘은 중동도의 도청 소재지인 알 하사의 배후 항구다.

그리고 장차 개발될 원유 생산의 중심지여서 항만을 처음부터 크게 건설하고 있었다.

대형 공사에는 많은 인력이 필요하다.

대한제국은 필요 인력을 카티프에서 구했으며 주민들은 이런 대한제국의 조치를 크게 반겼다. 덕분에 항만 공사는 그동안 순조롭게 진행되고 있었다.

대진은 항구를 둘러보며 흐뭇해했다.

"계획대로 잘 진행되고 있구나."

비서가 모처럼 거들었다.

"이 정도라면 본국의 여느 항구에 견주어도 뒤지지 않겠습니다. 아마도 중동 최대의 항구로 확실히 자리매김하겠습니다."

"당연히 그래야지. 이 항구는 장차 우리 제국에 막대한 부를 안겨 주게 될 거야."

비서가 대번에 알아들었다.

"지난번에 말씀하신 원유의 입출항이 된다는 말씀이군요."

"그래, 금세기 말이나 다음 세기 초에 이 일대에서 유전을 개발할 계획이지. 유전 개발에 성공하면 이 담맘은 원유 송출의 가장 중요한 항구가 될 거야."

"지금 당장 개발해도 되지 않겠습니까?"

대진이 고개를 저었다.

"시기상조야. 아라비아 원주민들이 중동도가 우리 땅이라는 인식이 확실히 박히기 전까지는 개발하지 않는 것이 좋아."

"변수를 최대한 없애는 것은 맞습니다. 그러나 지금처럼 수익도 없이 무한정 자본을 투자할 수는 없지 않겠습니까?"

"그렇지 않아. 항만은 국가 발전을 위해 반드시 필요한 사회간접자본이야. 이 담맘도 그렇지만 바레인과 도하에 세워진 항구 덕분에 물류가 크게 늘어나고 있잖아."

"그건 그렇습니다. 특히 바레인의 미나마는 유난히 물동량이 늘어나고 있다고 했습니다."

"물류가 늘어나면 경제도 발전하게 되어 있어. 그러면서 원주민들이 자연스럽게 우리의 통치를 받아들이도록 만들어야 해. 그래야 나중에 원유를 개발하더라도 분란이 생기지 않아."

"그 말씀은 맞습니다."

이윽고 배가 선착장에 도착했다. 대진이 하선하니 대기하고 있던 장교가 다가와 인사를 했다.

"어서 오십시오, 후작님. 방문하신다는 말씀을 듣고서 기다리고 있었습니다."

"장 여단장은 잘 있나?"

"예, 그렇습니다."

대진이 장교가 가져온 승용차에 올랐다. 도심을 빠져나온 승용차는 곧 포장도로를 올라탔다.

대진이 놀랐다.

"오! 알 하사까지 도로가 완공되었나 보구나. 도로는 언제

완공한 거야?"

"지난해 10월에 개통했습니다."

"이야! 역시 우리나라 사람들의 공사 속도는 알아줘야 해."

장교가 뿌듯한 표정으로 설명했다.

"맞습니다. 지형이 거의 평지다 보니 공사 속도가 장난이 아니었습니다. 다란을 거쳐야 해서 100여 킬로미터인 도로를 거의 1년 반 만에 완공했습니다. 그래서 지금은 알 하사에서 카타르의 도하를 연결하는 공사를 하고 있습니다."

도로는 담맘 아래에 있는 다란을 거쳐 알 하사로 넘어갔다.

그리고 얼마 후.

대진이 탄 차가 중동여단본부에 도착했다.

중동여단본부는 과거 알 하사를 지배했던 세력이 건설한 성채에 위치해 있다.

장태수가 환하게 웃으며 반겼다.

"어서 오십시오, 후작님."

"오랜만이야, 장 여단장."

대진이 장태수의 모습을 훑었다. 처음과 달리 장태수는 새까맣게 그을려 있었다.

"이런, 이제 중동 사람이 다 되었어?"

장태수가 호탕하게 웃었다.

"하하하! 어쩔 수 없습니다. 이곳의 여름은 기본이 40도가 넘는 혹서입니다. 그런 날씨가 반년 가까이 이어지니 타지 않을 재간이 없습니다."

대진이 그의 안내를 받아 건물로 들어갔다. 처음부터 벽을
두껍게 지은 건물은 시원했다.

"그래도 여기는 후텁지근하지는 않구나."

"예, 해안에서 멀리 떨어진 덕분에 습기가 거의 없습니다."

"다행이야. 카타르도 그렇고 바레인이나 담맘은 덥기도
하지만 습기 때문에 아주 곤혹스러워."

"지금은 겨울이어서 그렇게 덥지도 않습니다."

"그러네. 이 정도면 사람이 살 만하겠어."

"그래서 도로 공사도 이 기간에 집중적으로 실시하고 있습
니다."

대진이 질문했다.

"식량 사정은 어때?"

"알 하사는 물이 풍부해서 벼농사를 많이 짓더군요. 그래
서 본국의 품종을 가져와 재배시켜서 매입하고 있는데 충분
히 공급받고 있습니다."

"다행이구나. 알 하사 주민들은 우리 통치에 협조를 잘하
고 있어?"

장태수가 웃으며 고개를 끄덕였다.

"그렇습니다. 특히 시아파 주민들이 우리의 통치에 아주
우호적입니다. 우리가 추진하는 정책도 적극적으로 참여하
고 있고요."

"그렇구나."

장태수가 설명했다.

"후작님이 귀국하고 나서 얼마 지나지 않아 시아파의 지도자인 이맘과 종교 지도자 10여 명이 다시 찾아와서 정식으로 제안을 했습니다. 자신들의 종교 활동을 탄압하지 않는다면 우리 통치에 적극적으로 협조하겠다고요."

"그들이 먼저 제시했다고?"

"그렇습니다."

"그들의 제안을 승낙했겠지. 우리로서는 불감청 고소원이나 다름없는 일이잖아?"

장태수도 웃으며 설명했다.

"맞습니다. 종교를 앞세우는 것은 좋지 않지만 그들이 자발적으로 협조하겠다는 것을 거부할 이유도 없다고 생각합니다."

"당연히 그렇지."

"그들은 후작님께서 모스크 건설을 후원해 줄 때부터 마음이 기울었던 것 같습니다. 그래서 종교 지도자까지 찾아와서 그런 말을 한 것이고요. 저도 그들의 종교 활동을 적당히 후원해 주었는데 그게 아주 효과가 좋습니다."

대진이 크게 고개를 끄덕였다.

"잘했어."

장태수가 상황을 설명했다.

"이슬람원리주의를 신봉하는 네지드 토후국이 알 하사를 점령했을 때 종파 탄압이 상당했다고 합니다. 그래서 알 하사의 시아파교도들이 조직적으로 반발했고요. 그런 시아파를 네지드의 토후가 무자비하게 진압했다고 합니다. 그래서 지금도 그에 대한 원한이 상당하다고 합니다."

"아직 몇십 년이 지나지 않아서 피해 당사자도 생존해 있겠구나."

"그렇습니다. 그래서 통치의 일환으로 생존자와 부상자를 수시로 찾아가 위문하고 있습니다. 그런 저의 조치에 지역 주민들이 크게 감사하고 있는 상황이고요."

대진이 웃었다.

"하하! 장 여단장이 그런 일까지 하다니. 놀라운 일이야."

장태수도 따라 웃었다.

"저도 그런 일까지 하게 될 줄은 몰랐습니다. 그런데 의외로 반응이 좋아서 상당한 효과를 보고 있는 중입니다."

"다행이구나."

대진이 차를 한 모금 마셨다.

"네지드 토후국과 하일 토후국이 일촉즉발의 위기 상황이라면서?"

"그렇습니다. 후작님도 하일과 네지드 토후국이 어떤 관계인지는 알고 계시지요?"

"하일이 속국이었다는 말은 들었어."

장태수가 두 토후국의 관계에 대해 설명했다.

"……그런 양국 중에서 하일 토후국이 오스만에 충성을 맹세하면서 지원받고 있습니다. 반면에 네지드 토후국은 영국으로부터 군사 무기 등을 지원받고 있는 상황이고요."

대진이 깜짝 놀랐다.

"뭐야. 네지드가 영국의 지원을 받고 있었다고? 그러면 양국의 대리전과 같은 형국이잖아?"

장태수가 고개를 끄덕였다.

"그렇습니다. 만일 네지드 토후국이 승리한다면 아라비아반도 중부 지역이 영국의 영향력 아래에 들어가게 됩니다. 영국 때문에 이집트를 잃어버린 오스만제국으로선 최악의 상황이지요. 그래서 수단 방법을 가리지 않고 네지드 토후국을 멸망시키려 하고 있습니다."

대진이 상황을 이해했다.

"이집트를 잃어버린 오스만으로선 또다시 영국의 공작에 놀아나지 않고 싶겠지."

"그렇습니다. 우리에게 영토를 할양해 준 까닭도 영국의 공작에 더 이상 놀아나지 않겠다는 의지의 표현이었습니다. 그런 오스만이 영국과 손잡은 네지드를 용서하지 않는 건 너무도 당연합니다."

"현재 양국의 전투력은 어때?"

"하일의 군사력이 더 강력한 것으로 알려지고 있습니다."

"중동여단에 베두인 용병은 얼마나 되지?"

"정규대대를 편제했습니다."

"병력을 더 늘리는 것에 문제 있나?"

장태수가 의문을 제기했다.

"우리 지역에는 베두인족이 상당히 살고 있습니다. 그래서 충원은 문제가 없는데 병력을 더 늘릴 필요가 있겠습니까?"

"하일과 네지드 중 한 곳이 무너지면 아무래도 치안이 문제가 될 것 같아서 말이야. 중동도는 인구는 적지만 지역이 넓잖아. 그 넓은 지역을 여단 병력만으로 감당하는 건 어렵지 않겠어? 그렇다고 본토 병력을 더 투입하는 것은 실익이 없을 것 같고. 그래서 인건비가 저렴한 베두인 용병을 더 늘려서 정찰 업무 등에 투입하면 좋지 않을까?"

장태수도 생각하고 있는 부분이었다.

"그렇지 않아도 이번 전쟁이 끝난 뒤가 걱정이기는 했습니다."

"맞아. 누가 승리를 하든 당분간은 어수선할 거야. 그런 정세가 길어지면 이런저런 문제가 많이 발생할 거야. 그런 문제를 미연에 방지하기 위해서라도 순찰 병력이 많을수록 좋잖아."

장태수가 동조했다.

"알겠습니다. 본국에 전문을 보내 그에 대한 회신을 받아 보도록 하겠습니다."

"그렇게 해. 그리고 기왕이면 연대 규모로 만들어서 제대로 일을 추진해 보는 게 좋겠어."

"무슨 말씀인지 잘 알겠습니다."

대진이 슬쩍 운을 띄웠다.

"베두인연대가 생기면 여단본부를 사단 규모의 경비사령부로 격상시키도록 만들어 줄게. 그러면 장 여단장이 자연스럽게 승진할 수 있을 거야."

장태수가 감격해했다.

"그렇게까지 신경을 써 주셔서 감사합니다."

"별말씀을, 지금까지 장 여단장이 중동도의 군정을 잘 이끌어 온 공로가 있어서 문제가 없을 거야."

누구든 진급을 싫어하는 사람은 없었다. 특히 군에서는 장관(將官)이 되고 싶지 않은 사람은 없었다.

장태수는 몇 번이고 감사의 뜻을 표했다.

그리고 며칠 후.

주변을 정찰 나가 있던 베두인 용병 몇 명이 황급히 본부로 달려왔다. 그리고는 하일과 네지드 토후국이 대규모 전투가 벌어졌음을 알려 왔다.

장태수는 즉시 정찰병 10여 명을 풀어서 전황을 살펴 오게 했다. 그렇게 달려 나간 정찰병은 이틀 만에 다시 돌아왔다.

"하일 토후국이 네지드 토후국 병력을 거의 전멸시켰습니다."

대진이 급히 물었다.

"토후는 어떻게 되었나?"

"토후와 그의 가족들은 패전 소식을 듣고는 급히 리야드를 탈출했다고 합니다."

"어디로 간 것은 알고 있나?"

베두인 용병이 고개를 저었다.

"지금으로선 알 수 없습니다. 하지만 쿠웨이트로 갈 가능성이 가장 높습니다."

예상 범주 내의 상황이었다. 그러나 대진은 혹시나 하는 생각에 한 번 더 질문했다.

"왜 그런 예상을 하는 거지?"

베두인 용병이 즉각 대답했다.

"과거였다면 가까운 카타르나 바레인으로 갔을 것입니다. 두 곳 중에서도 이동이 용의한 카타르가 가장 유력했을 것이고요. 하지만 지금은 토후도 없을뿐더러 본국이 통치하고 있어서 몸을 의탁할 수가 없는 상황입니다."

통역의 말을 듣던 대진은 순간 귀를 의심하지 않을 수 없었다. 베두인 용병이 본국이라는 말을 서슴없이 하고 있었던 것이다.

그런데 더 놀라운 일이 있었다.

7장

장태수를 비롯한 지휘관들이 누구도 그의 말을 이상하게 생각하지 않고 있었다. 하지만 대진은 당장이라도 그에 대한 질문을 하고 싶었다.

　그러나 지금은 더 중요한 일이 있었다.

　"쿠웨이트로 망명을 하려면 우리 영역을 통과해서 피신을 하지 않나?"

　"오스만의 영역으로 돌아가는 길도 있습니다. 하지만 하일의 추격을 피하기 위해서라도 본국 영토를 통과할 가능성이 높습니다. 하일 토후국도 우리가 국경 침범을 절대 허용하지 않는다는 사실을 잘 알고 있으니까요."

　장태수가 부언했다.

"이 지역에서는 패전하더라도 토후 가문을 멸족시키는 경우는 거의 없습니다. 그래서 적당히 쫓다가 우리 국경에서 돌아갈 가능성이 높습니다."

베두인 용병이 추가 설명했다.

"쿠웨이트의 토후인 알 사바 가문은 네지드의 알 사우드 가문과의 교류가 많았습니다. 더구나 아랍에서는 피신한 토후의 가문은 손님으로 받아들이는 풍습이 있습니다."

"그러기 때문에 네지드의 토후가 쿠웨이트에 망명할 가능성이 높다는 거네?"

베두인 용병이 대답했다.

"아마도 상당 기간 그렇게 될 공산이 큽니다."

"수고했네. 그만 돌아가서 쉬도록 해."

베두인 용병이 인사하고 나갔다.

대진이 장태수를 바라봤다.

장태수가 즉시 대답했다.

"후작님의 조언대로 쿠웨이트하고는 지속적으로 긴밀하게 교류하고 있습니다. 아마도 후작님께서 방문하면 처음의 인연도 있고 해서 분명 환대할 것입니다."

"알 사우드 가문이 자리를 잡는 시간을 맞춰 쿠웨이트를 방문해야겠어."

"그렇게 하시지요."

장태수는 대진의 계획을 알고 있었다.

장태수도 마군이어서 중동이 어떤 가치가 있는지 너무도 잘 알고 있었다. 더구나 향후 중동 정세와 깊은 관계가 있는 계획이어서 대진의 계획을 적극 지지하고 있었다.

"그들을 만나려면 시간이 좀 더 있어야 할 것 같으니 그동안 알 하사를 둘러봤으면 좋겠어."

"제가 안내하지요."

"아니야. 장 여단장은 상황 파악을 해야 하니 그대로 있는 것이 좋아. 그 대신 안내 병력과 베두인 용병을 붙여 주었으면 좋겠어."

"바로 조치해 드리겠습니다."

다음 날부터 대진은 알 하사와 주변 지역을 둘러보기 시작했다.

어느새 대한제국이 중동에 진출한 지 5년여가 되었다.

그동안 알 하사에는 상당히 변해 있었다.

알 하사는 오래된 도시다.

한때는 왕조의 수도로 번성했을 만큼 많은 인구가 거주하기도 했다. 그런 성세가 지금은 많이 줄어들었지만 그래도 주변의 오아시스까지 합하면 수만은 족히 거주하고 있었다.

알 하사의 중심에는 10여 개의 벽돌 건물이 들어서 있었다. 이런 건물에는 은행과 관공서가 입주해 있었으며 유통회사도 들어와 있었다.

대진은 중심 도로를 가로질렀다. 놀랍게도 대진에게 의외로 많은 사람들이 고개를 숙이며 예의를 차렸다.

대진은 답례를 하면서 의아했다.

"이게 어떻게 된 거야? 원주민들이 어떻게 우리에게 인사를 하는 거지?"

초급무관이 설명했다.

"원주민들이 우리 군을 존경하고 환영하기 때문입니다. 그래서 우리를 보면 스스럼없이 환대하고 있습니다."

"장 여단장이 군정을 잘 이끌고 있나 보구나."

"여단장님께서는 원주민 자치를 되도록 보호해 주려 하십니다. 그리고 문제가 생겼을 때에는 종교 지도자들의 의견을 최대한 수렴하고 있고요. 그런 여단장님을 원주민들은 존경하고 있습니다."

이 말을 하는 초급무관의 얼굴에는 자부심이 가득했다. 그런 모습을 본 대진은 절로 고개가 끄덕여졌다.

"장 여단장이 주민들을 잘 다독여서 통치한다니 다행이네."

"중동도의 중심 권역인 알 하사와 담만 그리고 그 주변은 아라비아반도에서 몇 되지 않는 시아파 집단 거주 지역입니다. 바레인도 마찬가지고요. 장 여단장님은 그런 사정을 잘 헤아려 가면서 군정을 이끌고 있어서 주민들의 호응도가 의외로 높습니다."

"북부 지역은 다르지?"

"물론입니다. 바레인의 바로 옆인 카타르만 해도 수니파일 정도로 중심권을 제외한 전부가 수니파 권역입니다."

"그렇구나."

새로운 건물은 곳곳에 세워져 있었다.

시장도 이전과는 비교할 수 없을 정도로 깨끗이 정비되어 있었다.

그렇게 알 하사를 둘러보던 대진의 눈에 놀라운 모습이 들어왔다.

"이거 학교잖아?"

"그렇습니다. 여단장님의 지시로 학교가 도처에 세워지고 있습니다. 그런 학교에서는 우리말과 글을 기본적으로 가르칩니다. 그리고 이슬람의 종교 지도자를 모셔 와 쿠란도 공부를 하고 있습니다."

"주민들의 호응도는 어때?"

"상당합니다. 우리나라의 교육열도 대단하지만 이곳의 교육열도 그에 못지않습니다. 그래서 학생들이 대거 몰려들고 있는 상황입니다."

대진이 흡족한 미소를 지었다.

"좋은 현상이야. 앞으로 우리 말과 글을 모르면 관리가 되지 못해. 그뿐만이 아니라 생활하는 데에도 곤란함을 겪을 거란 사실을 웬만한 사람들은 알고 있을 거야."

이때 학생들이 우르르 쏟아져 나왔다. 그런 학생들 사이에는 의외로 많은 여학생이 눈에 띠었다.

"여학생들도 많네?"

"예, 그렇습니다. 시아파들은 수니파에 비해 여자들에게 비교적 관대합니다. 그래서인지 거의 대부분의 집에서는 취학연령의 자녀들을 학교에 보내고 있습니다. 남녀가 같은 교실에서 공부를 할 수는 없지만요."

"그 정도는 감안해야지. 우리도 남녀가 같은 교실에서 공부하는 경우는 대학에서나 가능하잖아."

"그렇기는 합니다."

"지난 몇 년 동안 꽤 많이 변한 것 같네."

"우리가 탄압하지 않는다는 사실을 알게 되면서 활기가 부쩍 살아나고 있습니다. 그리고 우리나라에서 다양한 물건이 쏟아져 들어오면서 알 하사 시장이 주변 최대 상권으로 부상하고 있습니다."

아주 고무적인 현상이었다.

초급무관의 설명대로 알 하사 시장에는 본토에서 넘어온 물건들로 넘쳐 났다. 그런 물건을 흥정하기 위해 주변 지역에서 상인들이 몰려온 광경을 대진은 흐뭇하게 바라보았다.

대진이 확인했다.

"그런데 베두인 용병들이 우리나라를 보고 본국이라고 하던데, 이건 어떻게 된 거야?"

"아! 그건 중동도의 베두인족들을 여단장님이 우리 주민으로 인정했기 때문입니다."

"베두인족들은 본래 국적도 없고 정착도 하지 않는 유목민들이잖아?"

"전부가 그렇지는 않습니다. 특히 용병으로 채용되는 베두인족들은 전부 우리 지역에 거주하고 있습니다. 여단장님께서는 그들에게 소속감을 심어 주기 위해 우리 주민이라고 선포했는데 그것을 베두인족들이 흔쾌히 받아들인 것입니다."

"놀라운 발전이구나."

초급무관도 같은 대답을 했다.

"예, 맞습니다. 베두인족들이 우리를 따르면서 주민 통제가 아주 잘되고 있습니다."

10여 일 후.

대진은 장태수의 도움으로 경호 병력을 지원받았다. 그러고는 담맘으로 내려가 대기하고 있던 중동의 전통 선박인 다우선에 탔다.

대진이 탄 다우선의 크기는 300여 톤이다. 여기에 돛도 커서 이틀 만에 쿠웨이트에 도착할 수 있었다.

쿠웨이트에 도착한 대진은 곧바로 토후의 궁전을 찾았다. 대진의 방문에 쿠웨이트의 압둘라 빈 알 사바 토후가 크게 반겼다.

"어서 오십시오, 후작님."

대진이 이슬람식 인사를 했다.

"오랜만에 뵙습니다. 그동안 잘 지내셨습니까?"

"하하하! 예, 저도 우리 가문도 그리고 쿠웨이트도 여전합니다."

"다행입니다."

대진은 대상인인 유수프 알 이브라힘과도 인사를 나눴다. 이브라힘도 몇 년 만에 만나는 대진을 지극히 환대했다.

그렇게 인사를 나누고는 토후가 권하는 자리에 앉았다.

이어서 물담배와 함께 대추야자가 나왔다. 세 사람은 잠시 먹고 피우며 한담을 나눴다.

압둘라 토후가 먼저 본론을 꺼냈다.

"후작님께서 어려운 걸음을 하셨는데, 무슨 일로 방문하셨는지요?"

"하일과 네지드가 전쟁을 벌인 사실을 토후께서도 알고 계시지요?"

쿠웨이트 토후의 안색이 굳어졌다.

"그 일을 모르는 사람이 어디 있겠습니까? 10여 년 전부터 양국이 크고 작은 다툼이 있어 왔기 때문에 당연히 잘 알고 있지요. 그런데 그게 무슨 문제가 있는 것입니까? 혹시 귀국이 그 일에 관여되기라도 하신 겁니까?"

대진이 정색을 했다. 그러고는 분명하게 밝혔다.

"그렇지 않습니다. 이전에도 말씀을 드렸지만 우리 대한제국은 자국의 영토 이외에는 조금의 관심도 없습니다."

"그런데 왜 갑자기 그 일을 거론하시는 건지요?"

"이곳 쿠웨이트에 네지드의 토후 가문이 망명을 왔다고 들었습니다. 그래서 그 가문의 대표를 만나 보고 싶어서 쿠웨이트를 찾은 것입니다."

쿠웨이트 토후가 깜짝 놀랐다.

"후작님께서 일면식도 없는 알 사우드 가문의 대표를 만나시겠다니요. 대체 무슨 말씀을 하시려고 그러는 겁니까?"

대진이 선을 그었다.

"아! 우리는 지금의 정세에 관여하고 싶은 생각이 전혀 없습니다. 그러니 토후께서는 안심하셔도 됩니다."

"그러면 왜 만나시려는 겁니까?"

"본국이 아라비아에 진출한 지 5년입니다. 그동안 내치가 바빠 주변을 신경 쓰지 못했지요. 그러다 보니 네지드와의 교류가 거의 없었지요."

"그렇다는 말은 들었습니다."

"우리는 이제부터 주변의 토후들과 긴밀한 유대관계를 맺으며 교류하려고 합니다. 그 일환으로 네지드 토후를 만나려는 것이고요."

쿠웨이트 토후로서는 이해가 되지 않았다.

"네지드는 안타깝지만 이미 멸망했습니다. 그런 토후를 만나서 무엇을 하시려고요?"

"우리의 진정성을 보여 주기 위해서입니다. 그리고 저는 개인적으로 네지드 토후에게 저력이 있다고 믿는 사람입니다."

대상인 이브라힘이 크게 놀랐다.

"후작님께서는 알 사우드 가문이 다시 부활한다고 생각하십니까?"

대진이 손을 저었다.

"예단은 금물입니다. 그러니 너무 앞서 생각하지 않는 것이 좋습니다. 나는 단지 그 가문이 저력이 있다는 믿음 때문에 만나 보고 싶은 것입니다. 나머지 일은 나중에 가서 다시 생각할 것이고요."

대진이 말을 정확히 하지는 않았다.

그러나 알 사우드 가문을 지지한다는 사실을 은연중에 내비쳤다. 상인인 이브라힘은 대진이 한 말의 진의를 어렵지 않게 파악할 수 있었다.

이브라힘이 토후에게 권했다.

"후작님께서 선의로 만나 보고 싶어 한다는 말씀은 전해 주는 것이 좋지 않겠습니까?"

쿠웨이트 토후도 상당히 긍정적으로 변했다.

"알겠습니다. 제가 말은 전해 드리지요. 하지만 만나고 안만나고는 제 소관이 아니라는 점을 알아주셨으면 합니다."

"당연하지요."

잠시 후.

접견실로 두 사람이 들어왔다.

쿠웨이트 토후가 직접 소개했다.

"여기 이분이 네지드의 토후이고, 이 청년은 그의 아들입
니다."

네지드 토후가 앞으로 나섰다.

"저를 만나러 오셨다고요?"

대진이 앞으로 나서서 자신을 소개했다.

인사를 받은 네지드의 토후도 정중히 자신을 소개했다.

"인사드립니다. 네지드의 에미르 압둘 라흐만 알 사우드
라고 합니다."

청년이 자신을 소개했다.

"처음 뵙겠습니다. 저는 네지드의 압둘 아지즈 알 사우드
라고 합니다."

청년은 자신을 네지드의 누구라고 소개했다. 그런 당찬 모
습에 대진은 소년을 다시 보게 되었다.

그러면서 머릿속이 번쩍했다.

'그렇구나. 이 청년이 장차 아라비아반도를 통일한 뒤 사
우디아라비아를 건국하는 인물이구나.'

대진은 청년이 새롭게 보였다.

네지드 토후가 대진을 바라봤다.

"우리 가문과 교류하고 싶다고 하셨다고요."

"그렇습니다. 토후께서 반대하지 않는다면 우리 대한제국

은 귀 가문을 후원하고 싶습니다."

아들인 압둘 아지즈가 목소리를 높였다.

"그러면 우리가 재기할 수 있도록 군사 무기를 지원해 주는 겁니까?"

대진이 고개를 저었다.

"미안하지만 그건 어려운 일이네."

압둘 아지즈가 대번에 실망했다.

"아아! 아쉽군요. 소문에 의하면 귀국의 군사 무기의 성능이 대단하다고 들었습니다. 그래서 영국도 크게 경계한다는 말을 들었는데 지원을 못 해 주겠다니요."

압둘 아지즈의 낙심은 대단했다. 대진은 그를 부드러운 말로 다독였다.

"어떻게 첫 만남에 모든 일을 다 이룰 수가 있다고 생각하시나?"

압둘 아지즈의 눈이 빛났다.

"당장은 아니지만 나중에는 도와줄 수 있다는 말씀입니까?"

대진이 날카롭게 지적했다.

"솔직히 말하면 당분간은 어렵네. 우리가 파악한 바에 따르면 하일 토후국의 위세가 대단하더군. 그대 가문이 당분간은 온 역량을 집중하더라도 가문 자체가 문제가 될 수 있을 정도였어."

"그, 그……."

압둘 아지즈가 말을 잇지 못했다.

대진이 그를 한 번 더 다독였다.

"안타깝지만 지금은 때가 아니야. 떨어지는 칼날은 우선은 피해야 해. 그러니 아쉽더라도 지금은 내실을 다지며 은인자중해야 하는 게 좋아."

냉정한 분석이었다.

네지드의 토후도, 그의 아들인 압둘 아지즈도 지금은 비세라는 사실을 모르지 않았다. 그래서인지 누구도 대진의 말에 아니라고 반박하지 못했다.

방 안에 잠깐 정적이 감돌았다.

네지드 토후가 한숨을 내쉬었다.

"후! 인정하고 싶지 않지만 후작님의 말씀이 맞습니다. 지금은 적의 기세가 너무 강력해서 정면으로 맞부딪히면 깨질 수밖에 없습니다."

"정확한 형세 판단입니다. 지금의 네지드는 바짝 웅크려서 힘을 모을 때이지 쓸데가 아닙니다."

아쉬워하던 토후가 질문했다.

"후작님, 귀국은 우리 가문에 무슨 도움을 주실 수 있습니까?"

"갑자기 모든 것을 버리고 온 바람에 가문의 식솔도 제대로 챙기지 못했을 겁니다. 그러니 가문과 측근들부터 수습하세요. 우선은 그 부분부터 챙길 수 있도록 지원해 드리지요. 장차 권토중래를 하려면 무엇보다 중요한 것이 세력입니다."

네지드 토후가 감사를 표시했다.

"고마운 말씀입니다. 지적하신 대로 급히 몸을 피하느라 무엇 하나 제대로 챙겨 온 것이 없습니다."

"그러시겠지요. 그리고 지금의 네지드는 아무리 먹을 생선이 많다고 해도 관리할 수 없는 상황입니다. 그래서 우리 대한제국은 낚시를 하는 방법을 알려 드리려고 합니다. 그 일환으로 토후의 후계자를 본국의 사관학교에서 정식 군사교육을 받도록 해 드리겠습니다."

네지드 토후가 눈을 빛냈다.

"제 아들을 군사 유학시켜 준다고요?"

"그렇습니다. 훗날을 위해서라도 후계자가 제대로 된 군사교육을 받는 것이 좋습니다. 그리고 가신 중 20세 전후면서 충성도가 높은 인재도 함께 교육시켜 주겠습니다."

"아!"

아버지인 토후가 탄성을 터트렸다. 아들인 압둘 아지즈도 감명받은 표정으로 질문했다.

"저뿐만이 아니라 다른 사람도 받아 주신다는 말씀입니까?"

"물론이네. 그대의 옆에 군사훈련을 제대로 받은 인재들이 많아야 해. 그래야 나중에 병력을 운용하는 데 결정적인 도움이 될 거야."

압둘 아지즈도 대진의 말에 동의했다.

"맞는 말씀입니다. 하지만 군사교육을 아무리 잘 받는다고 해도 칼만으로 적과 싸울 수는 없지 않겠습니까?"

대진이 싱긋이 웃었다.

"낚시를 가르쳐 주면서 도구를 주지 않을 까닭이 있겠나?
당장은 아니지만 때가 되면 어떤 방식으로든 도구 지원이 있
을 거네. 그렇다고 해서 그걸 빌미로 어떤 대가를 요구하지
도 않을 거야."

압둘 아지즈가 깜짝 놀랐다.

"정말입니까? 영국은 약간의 무기를 지원해 주면서 내정
에 간섭하였습니다. 그런데 귀국은 대가를 조금도 요구하지
않겠다니요."

대진이 분명히 밝혔다.

"우리는 영국과 달라. 우리는 지금의 영토 이외에는 어떠
한 경우에서라도 욕심을 부리지 않네. 그러니 믿어도 좋아."

네지드 토후국은 오래전부터 영국의 지원을 받아 오고 있
었다. 그러던 영국이 네지드가 하일에 급격히 밀렸을 때 외
면해 버렸다.

결정적인 시기에 외면당한 꼴이 된 것이다.

그렇다고 달리 방도가 없었다.

네지드는 아라비아반도를 통일하고 싶었다.

그러나 아랍의 맹주인 오스만은 네지드가 강성해지는 것
을 결코 용납하지 않았다. 오히려 하일 토후국의 손을 빌어
네지드를 멸망시켰다.

그래서 쿠웨이트에 망명한 네지드 토후는 어쩔 수 없이 영국에 다시 손을 벌려야 할 처지였다. 그런 상황에서 대한제국이 손을 내민 것이다.

네지드에게는 새로운 동아줄이 생긴 것이다. 그런데 대진은 지원에 대한 대가를 받지 않겠다고 선포했다.

압둘 아지즈의 표정이 조심스러워졌다.

"이전에 우리가 잘못한 일이 있는데도 이런 지원을 해 주시는 겁니까?"

대진이 딱 잘랐다.

"과거는 이미 지난 일이네. 나는 네지드와 미래를 같이 보고 싶을 뿐이야."

압둘 아지즈의 표정이 환해졌다.

"감사합니다. 우리가 다시 네지드를 차지할 수 있도록 도와주십시오. 그러면 우리 네지드는 영원히 귀국과 형제의 연을 맺을 것입니다."

대진도 동조했다.

"좋은 생각이야. 우리 대한제국이 바라는 것은 상호 불가침이야. 물론 도발한다면 철저하게 몇 배로 응징할 거야. 하지만 그러지만 않는다면 언제까지라도 평화롭게 지낼 수 있지."

일종의 경고였다. 압둘 아지즈는 섬뜩한 기분을 느끼면서 급히 확언했다.

"당연히 그렇게 될 것입니다."

"맹세할 수 있나?"

압둘 아지드가 바로 무릎을 꿇었다. 그러고는 무슬림 방식으로 그 자리에서 맹세를 했다.

"우리 네지드가 어떠한 경우라도 한국을 배신하는 일은 없을 것입니다. 이러한 나의 맹세를 어긴다면 알라께서 반드시 벌을 내리실 것입니다."

대진이 그의 손을 잡아 일으켰다.

"되었네. 그 맹세만 지킨다면 우리 대한제국은 네지드가 권토중래할 수 있는 도움을 줄 것이야."

대진이 네지드 토후를 바라봤다. 그런 대진을 본 네지드 토후가 두말하지 않고 끄덕였다.

"아들의 맹세는 나의 맹세와 같습니다. 우리 네지드는 원한도 잊지 않지만 은혜도 절대 잊지 않습니다. 믿으셔도 됩니다."

"알겠습니다. 저는 네지드 토후와 후계자의 말씀을 전적으로 믿겠습니다."

쿠웨이트 토후가 적당한 때에 나섰다.

그가 호탕하게 웃었다.

"하하하! 아주 잘되었습니다. 이렇게 좋은 날 그냥 보낼 수가 없으니 당장 연회를 준비시키겠습니다."

대상인 이브라힘이 나섰다.

"연회는 제가 준비하겠습니다. 그러니 다른 분들은 돌아가셔서 휴식을 취하시기 바랍니다."

"그렇게 하십시다."

대진은 기분이 좋았다.

알 사우드 가문의 상황이 절박하다고 해도 의외로 쉽게 인연을 맺었다. 그리고 후계자 압둘 아지즈로부터 맹세까지 받아 내었으니 최상의 결과였다.

대진은 오늘의 결과가 훗날 어떤 식으로 결과가 나올지에 대해 상상을 했다. 그런 생각을 하느라 안내된 방에서 자리에 앉지 못하고 서성였다.

그것을 본 비서가 슬쩍 나섰다.

"기분이 좋으신가 봅니다."

"당연히 좋지. 계획했던 일이 너무도 쉽게 성사되었는데 어찌 기뻐하지 않을 수 있겠어."

"저들의 맹세를 믿을 수가 있겠습니까?"

"자신들이 믿는 신에게 맹세를 했으니 믿어야지."

"그보다는 상호 밀약을 체결하는 것이 좋지 않겠습니까? 그래야 저쪽에서도 우리를 더 믿지 않겠습니까?"

듣고 보니 충분히 일리가 있었다.

"옳은 지적이야. 영국을 버린 네지드로서는 무엇이든 확실한 것이 좋겠지. 우리도 나중을 위해 제대로 된 협약서 하나 정도는 갖고 있는 것이 좋고."

대진의 생각은 일사천리였다.

네지드도 영국이 아닌 대한제국을 택한 상황에서 보다 확실한 보장이 필요했다. 그리고 중동도의 안정이 필요한 대한제국으로서도 나중에 아라비아의 주인이 되는 알 사우드 가문의 서약이 필요했다.

연회 중에 대진의 제안을 받은 네지드 토후는 즉석에서 동의했다. 그러고는 자신들을 생각해 줘서 고맙다면서 몇 번이고 고개를 숙였다.

다음 날.

양측은 협정문을 작성했다.

대진은 이 협정문에 후계자인 압둘 아지즈도 날인하게 했다. 압둘 아지즈는 후계자로 공인받은 것을 기뻐하면서 기분 좋게 날인했다.

대진이 요청했다.

"토후께서 상단을 결성하실 수 있겠습니까?"

"당연히 가능합니다만 무슨 일로 그러시는지요?"

대진이 계획을 설명했다.

"단순하게 금전적 지원이 편하기는 합니다. 그러나 그렇게 되면 토후께서는 마음의 부담을 지게 되어 나중에라도 좋지가 않습니다. 부담을 없애려면 상단을 조직해서 본국에서 만든 물품을 독점으로 공급하도록 하세요. 그러면 마음의 부담도 덜고 기반도 착실하게 닦아 나갈 수 있을 겁니다."

네지드 토후와 압둘 아지즈가 감동했다. 특히 압둘 아지즈는 울먹이면서 감사를 표시했다.

"후작님께서 이렇게까지 우리를 배려해 주실 줄 몰랐습니다. 진심으로 감사를 드립니다."

대진은 고개를 저었다.

"아니야. 멀리 가려면 함께 가라는 말이 있어. 나는, 아니 우리 대한제국은 네지드와 언제까지라도 함께 가고 싶어. 그러기 위해서는 서로가 부담이 없어야 하지 않겠어?"

압둘 아지즈가 격하게 반겼다.

"진정으로 고마운 말씀입니다. 영국은 지금까지 우리에게 늘 부담을 강조했습니다. 그런데 귀국은 오히려 부담을 덜어주려고 하니 이게 바로 진정한 동반자가 아니겠습니까?"

쿠웨이트 상인 이브라힘이 나섰다.

"필요하다면 우리 상단의 모든 시설과 인력을 지원해 드리겠습니다."

네지드 토후가 고마워했다.

"감사한 말씀입니다."

이후의 일은 일사천리도 진행되었다.

대진의 내심을 알게 된 네지드 토후는 진심으로 대화했다. 아울러 그의 후계자인 압둘 아지즈는 자신과 함께 유학을 할 지원자를 모집하느라 동분서주했다.

대진은 쿠웨이트의 상황을 장태수에게 전하며 지원을 요청했다.

그리고 3월 하순.

압둘 아지즈가 부친에게 인사했다.

"다녀오겠습니다."

네지드 토후가 안타까운 표정을 지었다. 그러나 이내 표정을 풀고서 아들의 어깨를 두드려 주었다.

"고생해라. 한국은 영국에 못지않은 군사강국이다. 특히 육군은 영국보다 뛰어나다는 소문이 있는 나라이니 최대한 많은 것을 배우고 오너라."

압둘 아지즈가 다짐했다.

"걱정하지 마십시오. 유학 기간 동안 군사훈련을 물론이고 국가 통치에 대해서도 배워 오겠습니다."

"네 어깨에 네지드의 미래가 달렸다. 그리고 동행하는 인재들도 부디 무사히 유학을 마치고 올 수 있도록 도와주도록 해라."

"예, 알겠습니다."

네지드 토후가 대진을 바라봤다.

"잘 부탁드립니다. 저는 오직 후작님만 믿겠습니다."

대진이 장담했다.

"조금도 걱정하지 마십시오. 아드님과 인재들은 분명 모든 교육과 훈련을 잘 마치고 금의환향할 것입니다."

대진의 말에 안심이 되었는지 네지드 토후의 안색이 조금은 풀렸다.

대진이 압둘 아지즈를 바라봤다.

"그만 승선하도록 하게."

"알겠습니다. 모두 승선하라!"

압둘 아지즈와 10명의 네지드인재들이 줄지어 2척의 보트에 나눠 탔다. 대진도 그중 한 척에 오르자 이내 노가 저어졌다.

8장

바다로 나간 보트는 대기하고 있던 수군 함정에 접선했다. 이들이 승선한 배는 대진의 요청으로 본국에서 특별히 넘어온 2,000톤급 수군 함정이었다.

페르시아만에서 대형 함정이 드나드는 경우는 영국 선적이 거의 유일하다. 그런 함정도 아직은 휴전 오만 정도까지만 드나들고 있었다.

그러기 때문에 쿠웨이트항에 2,000톤급 함정이 들어온 경우는 거의 없었다. 그 바람에 쿠웨이트 항구에는 많은 사람이 몰려나와 있었다.

모든 사람이 승선하자 수군 함정은 이내 기적이 울렸다. 이어서 검은 연기를 내뿜으며 유유히 바다를 갈랐다.

압둘 아지즈는 배를 타 본 경험이 전무했다. 그래서 처음에는 상당히 긴장했으나 배가 별로 흔들리지 않자 이내 안심했다.

"배가 커서 그런지 흔들림이 별로 없습니다."

대진이 설명했다.

"2,000톤급 함정이어서 그래. 그리고 지금은 3월이어서 1년 중 바다가 잔잔한 시기야."

"후작님은 배를 많이 타 보셨나 봅니다."

대진이 경험담을 설명했다.

"나는 20년 가까이 전 세계를 돌아다녔지. 그러기 위해서 수없이 많은 배를 타야 했고……."

대진의 경험담은 한동안 이어졌다. 압둘 아지즈와 그의 동료들은 마치 무용담을 듣는 듯 심취했다.

항해를 하는 동안 대진과 압둘 아지즈는 많은 대화를 나눴다. 대진은 그가 장차 사우디아라비아의 국부가 된다는 사실을 알고 있었다.

그래서 대한제국에 호감을 갖도록 나이가 어림에도 최대한 예우했다. 압둘 아지즈는 이런 대진의 배려에 큰 고마움을 느꼈다.

배는 20여 일의 항해 끝에 영구에 도착했다.

압둘 아지즈는 대한제국의 번화한 모습에 큰 감명을 받았다. 그리고 세계 최초로 개발된 경유기관차를 타고 수도인 요양에 도착했다.

대진은 이들을 호텔에 머물게 했다. 그러고는 황궁으로 들어가 귀국 보고와 계획을 설명했다.

대진의 설명을 들은 황제는 즉석에서 대진의 계획을 윤허해 주었다. 황제를 알현하고 나온 대진은 주무대신인 외무부를 거쳐 국방부를 방문했다.

장병익은 대진의 귀환을 크게 반겼다.

"그동안 고생이 많았어."

"아닙니다. 그래도 날씨가 좋아서 지낼 만했습니다. 겨울에는 중동도 별로 덥지가 않습니다."

"그렇다면 다행이지."

대진이 경과보고를 했다. 그러고는 황제에 보고하고 외무부를 들렀다 온 사실도 알렸다.

장병익이 아주 흡족해했다.

"잘했어. 다른 일도 아니고 중동에 관한 사항은 폐하께서도 알고 계시는 것이 좋아. 그러면 중동의 손님에 대한 교육을 어디부터 시작해야 할까?"

"우선은 어학교육이 필요하니 외국어대학교 한글학당에서 우리말을 교육시키고, 거기에다 기초군사훈련도 교육하는 게 좋겠습니다."

대진이 계획을 설명했다.

장병익이 즉석에서 동의했다.

"좋아! 금년 1년은 그렇게 교육하고 내년에 정식으로 사관학교에 입교시키자. 그런데 요즘 일본에서도 우리 사관학교에 입교하는 유학생이 있다는 사실을 알고 있어?"

대진이 놀랐다.

"예? 청나라 유학생이 있다는 것은 아는데 일본 유학생은 금시초문입니다."

"지난해까지는 없었는데 금년에 처음으로 유학 신청을 했어. 그래서 동의해 주었더니 10명을 보내왔더라고 그것도 신입생도가 아닌 일본 육사를 졸업한 소위와 중위 들을 말이야."

대진은 솔직히 놀랐다.

"하! 이거 놀랍군요. 청나라야 제대로 된 군사학교가 없어서 유학생을 보낸다지만 일본이 그럴 줄은 몰랐네요."

"전형적인 약강강약의 태도지. 우리 군사력이 한일전쟁 때보다 훨씬 더 강력해졌다는 사실을 알게 되었겠지. 그래서 유학생을 보내 어떻게 된 사실인지 알아보려고 했을 거야. 그러면서 중요한 군사 지식이나 기밀도 빼돌리고 싶었겠지."

"그런 사실을 알고 있으면서도 받아들였단 말씀입니까?"

장병익이 피식 웃었다.

"하하! 사관학교는 말 그대로 생도를 훈련시켜 사관을 만드는 과정에 불과해. 뭐, 교육과정에서 일본 육사보다 월등한 수준의 군사학을 배우니 도움은 되겠지. 하지만 진짜 중요한 군사교육은 그 이후에 실시하잖아."

"그건 그렇습니다."

"그래서 받아들인 거야. 우리 대한제국의 군사력이 사관생도부터 다르다는 사실을 뼈저리게 절감하라고 말이야. 그리고 우리 육사에 입교한 일본군 장교들을 잘 가르치다 보면 일본군 내 친한 조직이 절로 형성될 거야."

"아! 과거 미국에 유학한 장교들이 철저한 친미파 장교가 된 것처럼 말씀이시지요?"

"그렇지. 일본이 무슨 의도로 유학생을 보냈는지 모르지 않아. 그런 유학생들을 적절히 훈련하고 조련한다면 지한파가 될 거야. 그런 지한파 중에서 또 몇 명은 친한 인사로 거듭나게 만들어야지."

대진도 적극 동조했다.

"좋은 계획이십니다. 그런데 수사에는 입교를 신청하지 않았습니까?"

장병익이 고개를 저었다.

"당연히 신청을 했지. 그것도 육사보다 많은 해군 장교 20명을 보내겠다고 했어. 그런 요청을 우리가 정중히 거절했지."

대진이 대번에 이해했다.

"수사생도들의 해양 교육 때문이군요. 수사연습선은 최신예 함정이어서 기밀이 유출될 것을 우려한 것이고요."

"맞아. 일본과의 친선도 중요하지만 더 중요한 것은 특급 군사기밀 유출 방지잖아."

"맞는 말씀입니다. 일본은 절대 방심해서는 안 될 존재입니다. 그래서 지난 한일전쟁 당시 일본 내부에 세포들을 다수 심어 놓았던 것이지요."

"그들의 활약이 대단하다며?"

대진이 크게 고개를 끄덕였다.

"예상보다 훨씬 더 많은 활약을 하고 있습니다. 덕분에 일본에 관한 정책을 펼치는 데 엄청난 도움이 되고 있고요."

장병익도 알고 있는 사실이었다.

"시부사와 에이이치라는 기업가가 놀라운 활약을 펼치고 있다는 말은 들었어."

"예, 맞습니다. 시부사와 에이이치는 본래 개화기 일본의 설계자라는 말을 들은 자입니다. 그만큼 사업가로서 놀라울 정도의 안목이 있지요. 그런 시부사와의 활약으로 잿더미였던 일본을 훨씬 더 빨리 부흥시키고 있습니다. 특히 가까운 사이인 이토 히로부미와 결탁하면서 짧은 시간에 수십 개의 기업을 창립했습니다."

"전형적인 정경유착이구나."

"맞습니다."

"대한무역에서 많은 투자를 하고 있다면서?"

"그렇습니다. 시부사와 에이이치가 은행장으로 있는 제일은행을 통해 투자를 하고 있습니다. 투자에 대한 관리는 주일공사관의 경제사무관으로 나가 있는 우리 직원이 하고 있고요."

"일본 정부가 반발하지 않아?"

대진이 고개를 저었다.

"전혀 그러지 않습니다. 종전 협정을 체결하면서 우리의 정상적인 투자는 막으면 안 된다는 조항을 명기했습니다. 그래서 일본이 막고 싶어도 할 수가 없는 상황입니다. 더구나 시부사와 에이이치가 세운 기업들이 하나같이 결과가 좋습니다. 그 바람에 많은 정치자금을 헌금하고 있어서 오히려 더 많은 투자를 바라는 상황이지요."

"다행이구나. 투자에 대한 배당은 어때?"

"그것도 잘되고 있는 상황입니다. 시부사와 에이이치가 설립한 기업은 거의 초기 독점사업이어서 배당수익이 의외로 많습니다."

장병익이 흐뭇해했다.

"잘되고 있다니 더없이 좋구나."

잠시 더 대화를 나누던 대진이 일어났다.

"저는 아랍 손님들을 만나러 나가 보겠습니다."

"이 후작이 직접 관리하려고?"

"그럴 생각입니다. 지금은 열여섯에 불과하지만 장차 사우디아라비아의 국부가 될 청년을 소홀히 다룰 수는 없어서요."

장병익도 동조했다.

"기왕이면 최고 대우를 해 주는 것이 좋겠지. 청년이라고 불리기 어려울 정도의 나이이니 감수성이 예민할 거잖아."

"맞습니다. 그래서 더 신경을 쓰려고 합니다."

다음 날.

대진은 외무부 관리와 함께 호텔에서 머무르고 있는 압둘 아지즈를 찾았다. 그러고는 그를 데리고 앞으로 공부할 학교 와 기숙사를 방문했다.

"이곳이 그대가 공부할 대학교야."

압둘 아지즈는 대진에게서 대한제국의 학제(學制)에 대해 들었다. 그는 10여 동의 건물이 구름처럼 늘어서 있는 것을 보고는 놀랐다.

"대학교가 이렇게 큽니까?"

"우리 대한제국에는 이런 대학교가 이십여 곳이 있지. 그 중 외국어대학교는 인문학부 과정만 있어서 다른 대학보다 규모가 조금 작은 편이야."

"작은 게 이 정도라고요?"

"하하!"

대진이 웃으면서 대학 교과과정을 한 번 더 설명해 주었 다. 그러고는 기숙사도 방문해서는 대학 관계자의 안내를 받 아 방까지 보여 주었다.

이어서 기초군사훈련 교육장과 그가 활동하게 될 학교 주변까지 둘러봤다.

압둘 아지즈는 대진과 함께 다니며 여러 번 놀랐다.

우선은 처음 타는 자동차에 놀랐다.

그리고 그런 자동차가 흔하게 돌아다니는 요양을 보며 또 놀랐다.

자동차가 생산되고 7~8년이 지나면서 자동차 보급이 크게 늘었다. 더구나 화물차까지 양산되면서 자동차는 더 이상 호기심의 대상이 아니었다.

놀라운 점은 또 있었다.

대학에서 아랍어에 능숙한 교수와 학생들을 보고서 놀랐다. 그리고 제공되는 음식이 무슬림이 먹을 수 있는 것이라는 사실에 다시 놀랐다.

무슬림들은 이슬람 율법이 허용하는 음식만 먹을 수가 있다. 그래서 유학을 결정했을 때도 그에 대해 고심을 많이 했었다.

그런 걱정은 기우에 지나지 않았다.

여객선에서도 그랬지만 요양에 도착해서도 한 번도 음식에 대해 불편함을 느끼지 않았다. 그 바람에 유학을 잘 왔다는 생각이 들 정도였다.

이렇게 되기까지 국가 정책이 큰 역할을 했다.

대한제국은 자원의 보고인 중동을 어떠한 일이 있더라도 철저하게 관리하려 했다. 그 일환으로 중동도의 원주민들을 주기적으로 불러들여 본토 주민과 동질감을 갖도록 노력했다.

그뿐만이 아니라 주요 대학에 아랍어과를 신설해 소통 문제를 해결하려 했다. 특히 외국어대학교에는 아랍 전문가를 양성하는 특별반까지 개설했다.

이런 노력이 몇 년 지속되면서 아랍어에 능통한 전문가들이 대거 배출되었다. 그러면서 아랍의 풍속과 문화에 대한 이해도도 엄청나게 높아졌다.

덕분에 압둘 아지즈와 10명의 인재들은 별다른 불편함 없이 적응해 나갈 수 있었다.

대진은 그들이 현지 생활에 잘 적응할 수 있도록 물심양면으로 도움을 주었다. 이러한 행동은 압둘 아지즈와 그의 동료들에게 큰 감명을 주면서 대한제국에 대해 더 좋은 감정을 품게 만드는 계기가 되었다.

대한제국에서 이런 일이 벌어지고 있을 무렵.

일본에서는 그들이 염원하던 과업이 적극적으로 추진되고 있었다.

한일전쟁에서 일본은 거의 전 국토가 철저하게 파괴되었다. 더구나 패전의 대가로 북해도를 넘겨주어야 했으며 규슈가 따로 독립했다.

일본은 북해도는 버리더라도 규슈만큼은 곧바로 통일하고 싶어 했다. 그러나 패전한 일본에게는 그럴 여력이 조금도 남아 있지 않았다.

어쩔 수 없이 일본은 훗날을 기약할 수밖에 없었다. 이런 일본에 영향력을 확대하고 싶어 했던 프랑스와 영국은 다양한 방면에서 도움을 주었다.

일본은 절치부심(切齒腐心)했다.

스스로 몸을 숙이고 허리띠를 졸라맸다. 그러고는 영국과 프랑스의 도움을 적극 활용하며 국가 재건에 전력을 기울였다.

그렇게 10년이 넘는 시간을 보냈다.

일본은 총력으로 경제를 재건하면서 군사력 증강에도 전력을 기울여 왔다. 그 결과 일본 경제는 전쟁 이전의 상황으로 돌아갔으며 군사력은 월등히 상승했다.

그럼에도 규슈를 공략하기에는 부족했다.

규슈공화국은 언젠가 일본이 침략해 올 것을 예상하고 있었다. 그래서 징병제도를 도입해 16~60세까지의 모든 국민에게 군사훈련을 실시했다.

그런 노력으로 정규군을 10만을 보유했다. 그뿐만이 아니라 전쟁이 발발하면 모든 국민을 동원할 수 있게 되었다.

이런 규슈공화국은 대한제국의 보이지 않는 도움을 받고 있었다. 그래서 일본이 쉽게 통일 전쟁을 일으키지 못하고 있었다.

봄이 되면 일본열도는 온통 매화꽃으로 물든다. 그렇게 매화가 피었다 지면 그때부터 열도는 본격적으로 농사철에 접어들게 된다.

그런 5월.

일본의 내각책임제가 도입되고 벌써 몇 년이 흘렀다. 그러나 아직도 정당정치가 아닌 파벌에 의존하는 번벌(藩閥) 정치에서 벗어나지 못하고 있었다.

지금까지 최대 파벌인 조슈번과 사쓰마번의 차례로 내각의 총리를 맡아 왔다. 그에 따라 4대 총리대신으로 사쓰마번의 마쓰카타 마사요시[松方正義]가 취임했다.

4차 내각이 출범하고 첫 번째 내각회의가 개최되었다. 마쓰카타 총리대신이 자리에서 일어나 모두발언을 했다.

"먼저 이번에 총리대신이 된 마쓰카타 마사요시가 인사드립니다. 앞으로 잘 부탁드립니다."

마쓰카타가 깊게 몸을 숙였다.

짜! 짝! 짝!

내각 대신들이 일제히 박수를 보냈다. 잠시 몸을 숙였던 마쓰카타가 자세를 바로 하고 자리에 앉았다.

"우리 일본은 지난 일한전쟁 이후 국가를 재건하기 위해 전심전력을 다해 왔습니다. 다행히 그러한 노력이 결실을 거둬 전쟁 이전의 성세를 회복할 수 있었습니다. 아울러 군사력은 이전보다 몇 배나 되는 30만 병력을 거느리게 되었습니다."

모든 대신들이 고개를 끄덕였다.

"하지만 우리의 염원인 통일을 이르기에는 부족한 것이 현실입니다."

육군대신 오오야마 이와오[大山 巖]가 강력하게 반발했다.

"그렇지 않습니다. 우리 육군은 지금 당장이라도 간몬해협을 건너 규슈로 넘어갈 수 있습니다. 그러니 총리대신께서 천황 폐하의 재가만 받아 오시면 언제라도 출병할 수 있습니다."

가바야마 스케노리[樺山 資紀] 해군대신이 나섰다.

"육군대신이신 오오야마 백작님의 말씀에 전적으로 동의합니다. 우리 해군도 영국의 도움으로 다량의 함정을 보유하게 되었습니다. 지금 당장이라도 황명만 내려진다면 바로 출동할 수 있습니다."

일본도 1884년 화족령에 따라 공후백자남의 작위 제도가 신설되었다. 그러고는 공가는 서열, 다이묘들은 석고(石高), 유신지사들은 국가의 공훈 정도에 따라 작위가 수여되었다.

총리인 마쓰카타 마사요시는 공훈백작이었다.

마쓰카타가 고개를 저었다.

"쉽지 않은 일입니다. 규슈의 병력이 10만이라 해도 예비 병력까지 합하면 100만이 넘습니다. 그뿐만이 아니라 규슈는 한국의 도움을 받아 자체적으로 소총 등의 무기를 생산하고 있습니다. 그런 규슈를 정규 병력의 우세만으로 공격을 감행할 수는 없어요."

오오야마가 반박했다.

"저들이 한국의 도움을 받은 것은 맞습니다. 그러나 그들이 만든 소총은 본국의 소총보다는 위력이 떨어집니다."

일본이 최초로 국산화한 소총은 무라타소총[村田銃]이다. 단발이지만 종이 탄피가 아닌 금속 탄피를 사용할 수 있는 볼트액션 방식이다.

규슈공화국은 대한제국의 도움을 받아 평정소총을 면허생산 하고 있었다. 그러나 자체 기술력이 크게 떨어져 본래의 평정소총보다 품질이 상당히 떨어졌다.

그래도 기본 설계가 탁월한 덕분에 일본의 무라타소총보다 위력이 크게 떨어지지는 않았다.

그렇지만 침소봉대하는 오오야마의 말을 누구도 부정하지 않았다.

가바야마가 규슈의 문제를 지적했다.

"그뿐이 아닙니다. 규슈는 변변한 해군 함정도 없는 상황입니다. 군비가 부족해 해군을 제대로 양성하지 못하고 있지요. 반면에 우리 일본은 4,000톤급 함정을 2척이나 보유하고 있습니다. 1,000~2,000톤급 함정은 10여 척이 넘습니다."

총리인 마쓰카타도 인정했다.

"우리가 저들보다 모든 면에서 앞선다는 사실을 왜 제가 모르겠습니까? 그렇지만 규슈와 전쟁을 하려면 선결되어야 할 과제가 있지 않습니까?"

대신들의 얼굴이 동시에 굳어졌다.

외무대신 아오키 슈조[靑木周蔵]가 나섰다.

"규슈공화국을 가장 먼저 승인해 준 나라가 한국입니다. 그 이후 규슈공화국은 한국과의 교류에 혼신의 노력을 기울여 왔습니다. 한국도 그런 규슈공화국에 여러 도움을 주고 있고요. 만약 우리가 통일을 위해 거병한다면 한국과 먼저 협상해야 합니다. 그러지 않고 우리가 임의로 공략한다면 한국의 참전을 불러올 수도 있습니다."

곳곳에서 한숨이 터졌다.

이때만큼은 육군의 오오야마도 해군의 가바야마도 반발을 못 했다. 두 사람은 한일전쟁에 참전 경험이 있어서 대한제국의 군사력에 대해 누구보다 잘 알고 있었다.

육군과 해군대신이 입을 다물자 아오키 외무대신이 한 번 더 강조했다.

"안타까운 사실이지만 규슈 공략 이전에 먼저 한국의 양해를 받아 내는 것이 좋습니다. 아니, 반드시 그렇게 해야 합니다."

곳곳에서 한숨이 터졌다.

오오야마 육군대신이 탄식했다.

"아아! 우리 일본이 어쩌다가 이런 지경에 처했단 말입니까. 다른 일도 아니고 국내의 일을 처리하는 데 한국의 동의를 받아야 하다니요."

"지금으로선 어쩔 수 없는 일입니다. 우리에게는 내부적인 일이지만 규슈공화국은 이미 10여 개 나라가 공인한 엄연한 국가입니다."

사법대신이 나섰다.

"그나마 영국이 공인해 주지 않은 것만 해도 다행한 일이지요."

한동안 방 안에는 침묵이 감돌았다.

고심하던 오오야마가 나섰다.

"안타깝지만 인정할 것은 인정합시다. 그러지 않고 비관만 하며 시간을 보내면 통일은 점점 더 요원해집니다."

총리대신 마쓰카타가 반문했다.

"육군대신께서는 어떻게 했으면 좋겠습니까?"

"규슈 통일은 국가의 미래를 위하는 일입니다. 국가 백년대계를 위해 한국에 머리를 숙여야 한다면 그리해야지요."

마쓰카타 총리가 한숨을 내쉬었다.

"후우! 육군대신께서 결단하여 주셨으니 총리로서 고마울 따름입니다. 해군의 생각은 어떻습니까?"

일본은 전통적으로 육군과 해군의 사이가 좋지 않다. 그러나 해도 해군만으로는 규슈를 어떻게 할 수가 없었다.

해군대신도 한발 물러섰다.

"저도 오오야마 육군대신과 같은 생각입니다."

이어서 다른 대신들도 줄줄이 동조했다.

총리대신이 고개를 끄덕였다.

"좋습니다. 그러면 한국에 특사를 파견토록 하지요. 어느 분을 보내는 것이 좋겠습니까?"

육군대신 오오야마가 바로 나섰다.

"귀족원 의장이신 이토 히로부미 각하가 적임이라고 생각합니다."

마쓰카타 총리가 깜짝 놀랐다.

그가 놀란 데에는 이유가 있었다.

마쓰카타와 오오야마는 사쓰마 파벌이다. 반면에 이토 히로부미는 가장 큰 정적인 조슈 파벌의 지도자다. 그런 이토 히로부미를 오오야마가 추천하니 놀라지 않을 수 없었다.

"이토 히로부미 의장을 특사로 파견하자고요?"

오오야마가 자신의 생각을 밝혔다.

"열도 통일은 우리 대일본제국의 국운이 걸린 일입니다. 그러니만큼 사감이 개입되어서는 아니 된다고 생각합니다. 이토 히로부미 각하께서는 한국과 몇 차례 협상을 했던 전력이 있습니다. 그런 분이 특사로 가신다면 국익을 위해 분골쇄신 하실 것을 믿어 의심치 않습니다."

오오야마가 상대 파벌의 인물을 그것도 수장을 천거했다. 모든 내각 대신들은 오오야마의 통 큰 행동에 찬사를 보냈다.

이날 오후.

마쓰카타 총리가 귀족원을 찾았다.

귀족원은 이번에 일본 헌법이 발효되면서 구성되었다. 상하 양원 중 상원에 해당되며 귀족과 황족 등이 간선으로 선출된다.

이토 히로부미는 귀족원이 발족되자 총리를 사임하고 귀족원의장이 되었다.

"어서 오시오."

일본 의회는 독일인 건축가가 설계한 건물을 사용하고 있었다. 그러다 1891년 1월 합선으로 의사당 건물이 전소되어 버렸다.

그 바람에 지금은 임시 건물에서 업무를 보고 있었다. 마쓰카타 총리가 임시 건물을 둘러보며 안타까워했다.

"집무를 보는 데 많이 불편하시겠습니다."

이토 히로부미가 한숨을 내쉬었다.

"후! 어쩌겠습니까? 당장 의사당으로 사용할 건물이 없는 것을요."

"이 기회에 우리도 교류전력을 도입하는 것을 적극 검토해 봐야겠습니다."

"교류요?"

"그렇습니다. 우리가 사용하고 있는 직류는 미국의 기술입니다. 직류는 사용이 편리하지만 차단이 어려워 화재 위험성이 교류보다 훨씬 높다고 합니다. 그래서 한국은 모든 전기를 교류로 사용하고 있다고 합니다."

한국이라는 말에 이토 히로부미는 인상부터 찌푸려졌다.

"우리도 한국처럼 교류를 도입해야 한단 말씀이오?"

마쓰카타가 급히 고개를 저었다.

"꼭 그렇지는 않습니다. 하지만 본국처럼 목조건물이 많은 경우는 안정적인 교류 적용도 검토해 봐야 한다는 말씀을 드리는 것입니다. 어차피 전기는 서양이 발명한 문명의 이기가 아닙니까?"

이토 히로부미도 인정했다.

"그 말은 맞소이다. 전기는 한국이 만든 것이 아니지요. 그러나 교류가 좋은지 직류가 좋은지는 미국에서도 아직 판가름이 나지 않았습니다. 허니 그 문제는 나중에 다시 생각해 보기로 합시다."

"알겠습니다."

"헌데 어쩐 일로 나를 찾아오셨소?"

마쓰카타가 내각회의 내용을 설명했다.

이토 히로부미의 이마가 찌푸려졌다.

"내각회의에서 나를 특사로 선정했다고요?"

마쓰카타가 고개를 숙였다.

"의장 각하의 의향도 확인하지 않고 결정해서 송구합니다."

"아닙니다. 그만큼 나라 사정이 어렵다는 말씀이겠지요. 그런데 한국의 동의를 받아 내는 일은 생각보다 어려울 것 같소이다."

"그래서 각하께 도움을 요청하는 겁니다."

이토 히로부미가 고개를 저었다.

"아쉽지만 아무 대가도 없이 한국의 동의를 얻어 낼 수는 없습니다. 그렇다고 한국을 무시할 수는 없는 일이고요. 그러니 무엇을 내줘야 가장 효과적인지부터 결정을 해야 합니다."

이토 히로부미는 명치유신 이래 항상 권력의 중심에 있었다. 더구나 입헌군주제가 도입되면서 벌써 두 번이나 총리를 역임하기도 했다.

그래서 누구보다 일본의 현실을 냉정하게 파악하고 있었다. 그런 이토 히로부미의 지적에 마쓰카타 마사요시 총리도 동의하지 않을 수 없었다.

마쓰카타 마사요시는 재정통이다.

율령제가 실시되고 대장성이 설립되면서 그는 대장성관리가 되었다. 그러다 내각책임제가 도입되면서 지금까지 네 번의 정권이 바뀌는 동안 대장대신을 계속해서 맡아 오고 있었다.

이번 정권에서 그는 총리가 되었음에도 대장대신은 겸임하고 있었다. 그만큼 일본의 내부 상황을 누구보다 잘 알고 있었다.

마쓰카타가 침음했다.

"으음! 지금의 우리 입장에서는 금전을 대가로 지급할 형편이 아닙니다. 각하께서도 아시다시피 아직까지 한국에 전쟁배상금도 전부 갚지 못했습니다. 더구나 군사력 증강을 위해 국가 재정을 쏟아붓고 있는 상황이고요."

이토 히로부미가 고개를 끄덕였다. 일본의 재정이 넉넉하지 않다는 사실을, 그도 누구보다 잘 알고 있었다.

이토 히로부미가 동조했다.

"총리대신의 말씀이 맞습니다. 우리 형편으로 묵인의 대가를 금전으로 치를 수는 없습니다. 그리고 우리도 재정적으로 부담되지만 한국도 절대 금전을 대가로 받지는 않을 것입니다."

총리대신이 한숨을 내쉬었다.

"하! 저도 그럴 거라 짐작하고 있습니다. 그래서 더 고심이 많습니다."

계파는 다르지만 두 사람 모두 오랫동안 함께 일해 왔다. 그래서 이런 문제에서는 생각하는 방향이 거의 비슷했다.

이토 히로부미가 고심하다 눈을 빛냈다.

"이권을 내주도록 합시다. 지금으로선 그게 최선인 것 같습니다."

"개발권이나 광업권을 주자는 말씀입니까?"

이토 히로부미가 고개를 저었다.

"실질적인 이권을 내줄 수는 없지요."

"허면 형식적인 이권을 내주어야 하는데, 그런 이권이 무엇이 있겠습니까?"

"지금부터 연구를 해 봐야지요. 국익의 손실이 나지 않는 방향에서 내줄 수 있는 이권을 찾아보면 분명 길이 있을 것입니다."

마쓰카타 마사요시가 고심하다가 고개를 저었다. 일본 최고의 재정통이라고 자부하는 그로서도 뾰족한 방안이 생각나지 않았다.

"결코 쉬운 일이 아니네요."

"그래도 찾아봐야지요."

총리가 고개를 숙였다.

"알겠습니다. 한국 공사관으로 사람을 보내 각하의 방한을 통보한 뒤 일정을 조율하겠습니다."

"그렇게 하세요."

일본의 상황은 요코하마의 한국 공사관을 통해 본국으로 전달되었다. 보고를 받은 외무대신 한상태가 대진을 불렀다.

외무부가 대진을 먼저 찾은 경우는 지금까지 거의 없었다. 그래서 연락을 받자마자 한달음에 외무부를 찾았다.

"무슨 일이 있는 것입니까?"

한상태가 전문을 내놓았다.

대진이 그것을 읽고는 심각해졌다.

"일본이 특사를 파견하겠다니요. 그것도 이토 히로부미가 온다니 무슨 일이지요?"

한상태가 고개를 저었다.

"방문 이유는 밝혀지지 않았습니다. 그 대신 특급 기밀을 논의하기 위해서라는 말은 했습니다."

대진이 딱 잘랐다.

"방문을 거부하세요. 귀족원 의장인 이토 히로부미가 직접 방한한다는 것은 그만큼 중요한 목적이 있어서겠지요. 허나 목적을 먼저 밝히지 않는다는 것은 그만큼 우리를 믿지 못하겠다는 의미인데, 그런 불신을 당하면서까지 그의 방문을 받아들일 이유는 없습니다."

한상태가 싱긋이 웃었다.

"역시 후작님은 명쾌하군요. 예, 그래서 저도 주일공사에게 방문 목적을 밝히지 않으면 방한을 거부하라는 명령을 보냈습니다."

"잘하셨습니다."

"그런데 일본이 무엇을 상의하려고 이토 히로부미가 방한을 하려 할까요? 지난 전쟁 이후 저들은 우리에게 철저하게 머리를 숙여 왔습니다. 우리가 놀랄 정도로요. 그런 일본이 갑자기 이토 히로부미를 파견할 정도로 중요한 일이 무엇일지 너무도 궁금합니다."

대진이 고개를 저었다.

"글쎄요. 이토 히로부미가 특사로 올 정도면 일본이 가장 중요하게 생각하는 일일 텐데."

이러다 문득 생각나는 것이 있었다.

"혹시 규슈 공략에 대한 문제를 논의하러 오는 게 아닐까요?"

한상태가 멈칫했다.

"오! 그럴 가능성이 높겠습니다. 지금의 일본에게 그보다 중요한 일은 없을 터이니 말입니다."

"우리 예상대로라면 이토 히로부미의 방문은 우리에게 동의를 구하기 위해서겠지요?"

한상태의 고개가 바로 끄덕여졌다.

"물론이지요. 그게 아니라면 이토 히로부미와 같은 거물이 방문할 리가 없겠지요."

"으음!"

한상태가 나섰다.

"이 문제는 쉽게 넘어갈 일이 아니네요. 이토 히로부미의 방한 목적이 예상대로라면 관계 대신 회의를 소집하는 것이 좋겠습니다."

"우선은 일본의 반응을 보고 대응하시지요."

"그렇게 합시다."

본국 정부로부터 명령을 받은 박정양은 일본 총리를 예방했다. 그러고는 방문 목적을 미리 말해 주지 않으면 특사 방한을 거절한다고 통보했다.

일본 내각은 급히 회의를 열었다.

은밀히 규슈 공략을 준비하고 있는 일본에게 기밀 누설은 엄청난 문제였다. 자칫 잘못했다간 공략도 못 해 보고 경각심만 불러일으킬 수가 있었다.

그러나 다른 방도가 없었다.

지금의 일본으로선 독단적으로 규슈를 공략할 수가 없었다. 만일 그랬다가는 대한제국이 대놓고 규슈공화국을 도와줄 수 있었기 때문이다.

그랬다가는 만사휴의다.

일본은 내각회의에서 격론을 벌였지만 다른 방도가 없었다. 어쩔 수 없이 대한제국의 요구 조건을 수락하지 않을 수 없었다.

일본은 요코하마에 주재하는 주일공사 박정양을 외무성으로 불렀다. 그러고는 이토 히로부미의 방문 목적을 설명하고는 기밀을 지켜 줄 것을 몇 번이고 당부했다.

외무대신 한상태가 대진을 다시 불렀다.

그러고는 주일공사의 보고를 전했다.

"역시 규슈공화국 때문이었군요."

"그렇습니다. 규슈공화국에 관한 문제를 논의하고 싶다고 했답니다."

대진이 고개를 저었다.

"그래도 끝까지 진심을 드러내지 않는군요."

한상태가 웃었다.

"일본 특유의 외교 수사라고 해야겠지요. 대놓고 규슈를 공략하겠다는 내용은 없었지만 말의 진의를 우리가 파악한다는 것을 모르지 않을 겁니다."

"그렇겠지요. 어쨌든 일본이 규슈를 공략하려 한다는 것은 분명해졌습니다."

"그렇습니다. 그래서 수상께 보고해서 관계 대신 회의를 열어야겠습니다. 이 후작께서도 황실고문으로서 회의에 참여해 주셨으면 합니다."

"그렇게 하겠습니다."

다음 날 내각회의가 열렸다.

한상태가 그동안의 상황을 보고하자 대신들이 눈을 빛냈다. 국방대신 장병익이 대진을 바라봤다.

"이 후작, 이토 히로부미가 온다는 것은 그만큼 요구 사항이 중대하다는 거겠지요?"

"그렇습니다."

"일본의 요구 사항이 뭐라고 봅니까?"

"저는 자신들의 규슈를 공략할 때 규슈에 도움을 주지 않기를 요청할 것 같습니다."

장병익도 같은 생각이었다.

"나도 같은 생각입니다. 그런데 우리가 일본의 요청을 들어줄 필요가 있을까요?"

한상태가 나섰다.

"저는 들어주어도 무방하다고 생각합니다."

"그래요?"

"지금 같은 제국주의 시대에서 규슈공화국처럼 소국이 살아남는 것은 불가능에 가깝습니다. 더구나 외교적으로도 영국과 프랑스가 아직도 승인하지 않고 있는 문제도 있고요."

"하지만 우리로서는 규슈공화국이 존속하는 것이 좋지 않습니까?"

한상태가 고개를 저었다.

"없는 것보다야 좋기는 합니다. 그러나 실익도 크게 없는 것이 현실입니다. 더구나 규슈공화국은 이런저런 핑계를 대면서 처음의 약속을 아직까지도 지키지 않고 있습니다."

심순택 수상이 질문했다.

"기회만 되면 우리와 척질 수도 있다는 말인가요?"

"그렇습니다. 규슈공화국의 통령이 누구입니까? 정한론의 신봉자인 사이고 다카모리입니다. 지금이야 국력이 워낙 허약해서 우리 눈치를 보지만 일본만큼만 되어도 우리와 반목할 자가 사이고 다카모리입니다."

재무대신도 거들었다.

"규슈공화국은 모든 국력을 국방비에 투입하고 있어서 교역도 많지가 않습니다. 지금으로선 일본이 국익에 훨씬 큰 도움이 됩니다."

장병익도 동의했다.

"하긴, 도움을 주어도 돌아오는 것이 너무 적기는 합니다. 어떻게 보면 계륵(鷄肋)이나 마찬가지지요. 보호해 주자니 실익이 없고, 버리자니 일본이 커질 것이 경계되니 말입니다."

대진이 나섰다.

"양국의 전쟁이 우리에게 호기일 수가 있습니다."

수상이 나섰다.

"이 후작께서는 왜 그런 생각을 하시지요?"

"양국 간의 전쟁이 길어지면 통일이 되어도 그 후유증이 만만치 않을 것입니다. 그렇게 되면 일본은 한동안 내실을 다지느라 시간을 허비해야 할 것이고요. 반대로 전쟁이 일찍 끝나더라도 규슈의 민심을 다스리느라 상당 기간 고생을 해야 할 것입니다."

"일본은 이래저래 혼란에 빠진다는 말이군요."

"그렇습니다. 일본이 혼란스러워지면 그에 따른 반대급부는 우리가 차지할 수 있게 될 것입니다."

한상태가 문제를 지적했다.

"일본은 항상 통일이 되면 잉여 전력을 외부로 투사해 왔습니다. 이번에 전쟁이 벌어진다면 그와 같은 일이 반복되지 않는다는 보장이 없습니다."

대진이 바로 나섰다.

"그 문제는 걱정하지 않아도 될 것으로 보입니다. 제가 파악한 바에 따르면 일본은 절대 본국에 총부리를 겨누지 않을 것입니다."

장병익이 질문했다.

"이 후작이 장담하는 이유가 있겠지요?"

"그렇습니다. 일본은 이전까지는 영국과 독일에 유학생을 보내 군사훈련을 받아 왔습니다. 그런 일본이 이번에 우리 육사로 유학생을 보낼 정도로 본국의 군사력을 인정하고 있습니다. 그런 일본이 무모하게 도발하지 않을 것입니다."

"그러면 남은 것은 청국인데, 일본이 청국을 노릴 거라고 예상합니까?"

대진의 대답이 주저 없이 나왔다.

"그렇습니다. 저는 일본이 도발한다면 청국을 노릴 것이라고 생각합니다."

"그렇게 확신하는 이유가 있나?"

"본국과의 전쟁에서 패한 청나라는 전력을 기울여 군사력을 증강해 왔습니다. 그 결과 북양 수사의 함대 전력이 그동안 폭발적으로 증대되었고요."

장병익도 인정했다.

"그랬지요. 7,000톤급 전함 2척과 다수의 구축함을 도입했지요."

"청국은 대형 함정을 보유한 이후 수시로 일본 근해에서 일종의 무력시위를 해 왔습니다. 일본은 그런 청국에 대해 늘 불안감을 느끼고 있고요. 일본의 입장에서는 우리에 이어

청나라에게까지 밀리면 끝장이라는 위기감과 불안감이 팽배해 있을 것입니다."

모두가 고개를 끄덕였다.

대진이 말을 이었다.

"일본은 개항지를 통해 청나라의 정보를 지속적으로 입수해 오고 있습니다. 그래서 청나라의 전력이 어느 정도 수준인지 충분히 파악하고 있을 것입니다."

수상이 나섰다.

"청나라의 전력이 크게 떨어진다는 사실을 일본도 알고 있다는 말이군요."

"그렇습니다. 아마도 우리가 파악하는 만큼 일본도 파악하고 있을 것입니다."

대진이 모두를 둘러봤다.

"일본은 규슈를 통일하면 어차피 유휴 전력을 외부로 투사하려 할 것입니다. 그런 일본이 우리를 택하겠습니까? 아니면 청나라를 택하겠습니까? 저는 일본이 어리석지 않다면 분명 청나라를 택할 것으로 예상합니다."

대진이 많은 설명을 하지는 않았다. 그 대신 핵심만을 추려서 한 설명에 모두가 고개를 끄덕일 정도로 동감을 표시했다.

장병익이 슬쩍 거들었다.

"청나라의 군사력을 뒤흔들어 놓을 필요는 분명 있습니다. 그러지 않고 시간이 지나면 오판을 해서 우리에게 도발할 수도 있습니다."

외무대신이 격하게 동조했다.

"맞습니다. 청나라는 우리와의 패전을 치욕으로 생각하고 있습니다. 그래서 청나라 내부에서는 반드시 복수해야 한다는 말이 공공연하게 나오고 있는 형편입니다."

장병익도 인정했다.

"그렇습니다. 우리 국방부에도 첩보원들을 통해 그런 첩보가 계속 들어오고 있습니다."

대진이 정리했다.

"그래서 청일 양국의 전쟁도 우리의 국익에 도움이 됩니다. 저는 이번 일본 특사의 방문을 계기로 일본과 청국을 맞싸우게 하는 전략을 수립할 필요가 있다고 생각합니다. 그러면서 우리는 최대한 실익을 챙기고요."

대진의 설명이 기폭제가 되었다.

이때부터 대신들은 열띤 논쟁에 들어갔다. 그런 대신들의 표정에는 하나같이 자신감이 가득했다.

그리고 10여 일 후.

이토 히로부미가 부산과 시모노세키를 왕복하는 연락선을 타고 부산에 도착했다.

9장

다케조에 신이치로[竹添進一郞] 주한공사가 이토 히로부미가 타고 온 부관연락선으로 올라왔다.

"어서 오십시오, 각하."

이토 히로부미가 손을 내밀었다.

"반갑소, 다케조에 신이치로 공사."

두 사람은 악수하고는 잠시 기다렸다.

그러고는 승선한 세관원의 간단한 입국심사를 받고는 하선했다. 연락선을 내린 이토 히로부미는 부산의 역동성에 놀랐다.

대한제국 경제가 성장하면서 부산은 무역항으로 급격히 발전하고 있었다. 제물포와 영구도 무역항으로 거듭나고 있기는 했다. 그러나 발전하는 속도는 부산에 비할 바는 아니었다.

이토 히로부미가 탄성을 터트렸다.

"대단하구나! 내가 듣기로 부산은 항구가 만들어진 지 얼마 되지 않았는데 이 정도라니."

다케조에 신이치로가 설명했다.

"각하의 말씀대로 부산은 한국이 역점을 갖고 개발하는 항구입니다. 한국의 경제 발전과 맞물려 주변의 인구를 급속하게 빨아들이면서 성장하고 있습니다. 그렇게 수십만이 모여들고 항구라는 특수성도 갖춰 여느 도시보다 더 역동적이라고 할 수 있지요."

"우리 일본의 오사카도 상당한데 여기는 그보다 훨씬 더 북적이는 것 같아."

"오사카는 열도의 물산이 모이는 항구고 부산은 국제무역항이어서 더 북적입니다. 그래도 아직은 오사카가 더 물동량이 많을 겁니다."

이토 히로부미가 애써 자기 위안을 했다.

"맞아. 오사카도 그렇지만 동경도 급격히 발전하고 있기는 하지."

다케조에 신이치로가 동조했다.

"맞습니다."

이토 히로부미는 다케조에 신이치로 공사의 안내를 받아 열차에 올랐다. 그리고 열차의 침대칸을 보고는 착잡함을 느졌다.

일본은 한일전쟁의 여파로 철도부설이 상당히 늦었다. 그래서 이제야 동경과 오사카 노선 부설이 논의되고 있는 상황이었다.

부산에서 기차를 탄 이토 히로부미는 하룻밤을 기차에서 지냈다. 그리고 다음 날 오후가 되어서야 요양에 도착할 수 있었다.

다케조에 신이치로는 이토 히로부미를 대한호텔로 안내했다.

이토 히로부미는 여러 목적으로 유럽을 수시로, 그리고 오랫동안 머물렀었다. 그래서 호텔에 대해서는 누구보다 익숙했다. 그런 이토 히로부미도 대한호텔의 웅장하고 화려함에 감탄하지 않을 수 없었다.

일본도 지난해 처음, 시부사와 에이이치의 주도로 제국호텔을 준공했다. 그러나 아직은 내부 단장 중이어서 개장하지 못하고 있었다.

이토 히로부미는 이런저런 생각을 하며 밤새 뒤척였다. 그런 다음 날 아침, 다케조에 신이치로 주한공사가 공사서기관과 함께 찾아왔다.

"의장 각하! 편히 주무셨습니까?"

이토 히로부미가 고개를 저었다.

"잠자리가 바뀌어서 그런지 밤새 뒤척였어."

"아아! 큰일이군요. 그러면 황실고문과의 면담을 다음 날로 미룰까요?"

이토 히로부미가 펄쩍 뛰었다.

"아니야! 그러지 않아도 돼! 머리가 조금 무거울 뿐 몸이 불편한 것은 아니야."

"알겠습니다. 그러면 내려가셔서 로비에서 커피부터 한 잔 하시지요. 모닝커피를 드시면 머리가 한결 맑아질 것입니다."

"그렇게 하세."

이토 히로부미는 공사의 안내로 1층으로 내려왔다. 그러고는 로비와 접한 커피숍으로 들어가자 접객원이 다가왔다.

다케조에 신이치로가 능숙한 한국어로 주문했다.

"커피로 주시오."

"예, 잠시만 기다려 주십시오."

이토 히로부미가 놀랐다.

"오! 공사가 한국어를 꽤 잘하는구나."

"아닙니다. 인사 정도 하는 수준입니다. 저보다는 여기 있는 다카야마 서기관이 능통하지요."

동행한 서기관이 몸을 숙였다.

"의장 각하께서 불편하지 않도록 최선을 다하겠습니다."

이토 히로부미가 당부했다.

"잘 부탁한다. 이번 일은 나라의 명운이 걸린 일이니만큼 절대 실수를 해서는 안 돼."

"명심하겠습니다."

이윽고 커피가 나왔다.

이토 히로부미는 영국과 유럽을 드나들면서 커피에 맛을 들였다. 그래서 일본에서도 수시로 커피를 마셔 왔다.

그가 커피를 맛보고는 흡족해했다.

"오! 이 호텔의 커피맛이 꽤 괜찮구나."

서기관이 설명했다.

"대한호텔은 한국 주요 도시와 상해와 홍콩에까지 지점이 있습니다. 그렇게 지점이 많다 보니 식음료에도 특별히 신경을 쓰고 있다고 들었습니다."

이토 히로부미가 놀라워했다.

"호텔이 여러 곳에 있다고?"

"그렇사옵니다. 제가 듣기로 십여 곳에 이른다고 했습니다."

"놀라운 일이구나. 우리는 이제 겨우 첫 번째 호텔을 지었는데 한국은 벌써 열 곳이라니."

"방금 제가 말씀드린 숫자는 대한호텔만을 말한 것입니다. 이곳 요양에도 세 곳이 있을 정도로 한국 곳곳에 호텔이 많습니다."

이토 히로부미는 고개를 저으면서 커피를 다시 한 모금 마셨다. 그런데 처음과 달리 유난히 커피맛이 썼다.

"쯧!"

이토 히로부미가 혀를 차고 잔을 내려놓았을 때였다. 다케조에 신이치로 공사가 작게 탄성을 터트렸다.

"각하! 저기 호텔 정문으로 이대진 후작이 들어오고 있습니다."

이토 히로부미가 급히 고개를 돌렸다. 그러자 그의 눈에도 회전문을 열고 들어오는 대진이 시야에 들어왔다.

"여기서 만나기로 했나?"

"아닙니다. 점심식사 후에 황실고문의 집무실에서 만나기로 했습니다."

"그런데 여기에는 웬일이지?"

대진은 대한호텔에서 약속이 있었다. 그래서 회사로 출근도 하지 않고 호텔을 찾았다.

그런 대진의 눈에 연미복을 입고 차를 마시고 있던 이토 히로부미의 모습이 들어왔다.

대진이 성큼성큼 다가갔다. 그러고는 능숙한 영어로 인사를 하며 손을 내밀었다.

"오! 이게 누구십니까? 이토 히로부미 의장이 아닙니까?"

이토 히로부미도 급히 일어나 환하게 웃었다.

"오랜만에 뵙습니다, 후작님."

"하하하! 어떻게 아침 일찍부터 내려와 있었네요. 어떻게, 식사는 하셨습니까?"

"아! 머리가 조금 아파서 모닝커피부터 마시고 있던 중입니다."

"이런, 많이 불편하십니까? 그러면 약속을 내일로 미루고요."

이토 히로부미가 손을 저었다.

"아닙니다. 잠자리가 바뀌어서 그런 것뿐이니 오후면 충분히 맑아집니다."

대진이 양해를 구했다.

"식사 자리에 모셔야겠지만 선약이 있어서 그렇게 하지 못하겠습니다. 미안합니다."

"아닙니다. 당연히 선약이 우선이지요. 신경 쓰지 마시고 일을 보십시오."

"예, 그러면 오후에 뵙도록 하지요."

인사를 마친 대진은 한식당으로 들어갔다. 대진을 알아본 종업원이 방으로 안내했다.

방 안에는 장병익이 기다리고 있었다.

"어서 오게, 이 후작."

"일찍 오셨습니다."

"아니야. 나도 이제 막 들어왔어."

대진이 앉으며 설명했다.

"방금 로비에서 이토 히로부미를 만났습니다."

"같이 데려오지 않고?"

대진이 고개를 저었다.

"대신님과의 식사 자리까지 불편하게 하고 싶지가 않았습니다. 더구나 밥을 같이 먹을 정도로 가까운 사이도 아니고요."

"하긴, 이전 시대를 생각하면 우리 민족의 원흉이기는 하지."

"예, 맞습니다."

예약해 놓은 덕분에 음식이 바로 나왔다. 음식이 깔리고 두 사람은 잠시 식사를 했다.

그러던 중 장병익이 질문했다.

"묵인의 대가로 일본에게 무엇을 요구해야 할지 생각을 해 봤어?"

"우리 원화의 일본 국내 통용을 생각해 봤습니다."

장병익이 수저를 멈췄다.

"화폐통용을 요구한다고?"

"그렇습니다."

"지금도 교역에서는 우리 원화가 사용되고 있잖아. 더구나 요코하마와 고베의 한국관과 그 주변에서도 우리 원화가 통용되고 있고. 그 정도면 충분하지 않아?"

대진이 고개를 저었다.

"아직 부족합니다. 한국관 주변에 통용되는 우리 원화도 일본이 적당히 눈감아 주고 있는 것에 지나지 않고요. 일본 경제를 예속화하기 위해서라도 일본 국내의 우리 원화 유통이 원활해야 합니다."

장병익이 부정적인 의견을 냈다.

"우리 원화가 유통되면 경제에 악영향을 준다는 사실을 일본도 모르지 않을 거야. 그런데도 일본이 허용해 줄까?"

"저도 전면 허용까지는 바라지 않습니다. 그러나 규슈 통일을 바라는 일본으로선 어느 정도까지는 허용해 줄 것으로 예상됩니다."

장병익이 고개를 끄덕였다.

"그건 그래. 무조건 안 된다고 할 수는 없겠지."

"그렇습니다. 그렇다고 당장 손해가 되는 이권을 넘겨줄 수도 없을 것이고요."

고개를 끄덕이던 장병익이 식사를 재개했다. 그렇게 식사가 마치고 차를 마신 그가 제안했다.

"협상을 잘해 봐. 기왕 원화 유통을 밀어붙일 거라면 한국관에 있는 대한은행 지점의 일본 영업허가도 받아 내 보는 건 어때?"

"저도 그 점을 생각하긴 했습니다. 하지만 아직은 일본 내부의 사정이 좋지 않아 보류했습니다. 그 대신 지금처럼 일본제일은행과의 거래에 역점을 둘 생각입니다."

"좋아. 그 문제는 이 후작이 잘해 보도록 해."

"믿어 주셔서 감사합니다."

장병익이 호탕하게 웃었다.

"하하하! 지금까지 이 후작이 거둔 협상 실적이 얼마인데. 당연히 믿어야지."

그렇게 식사를 마친 대진은 대한무역으로 출근했다. 그러고는 오전 업무를 마치고는 황궁으로 들어갔다.

이날 오후.

대진의 황궁 집무실로 이토 히로부미와 다케조에 신이치로 일본공사가 방문했다.

대진이 손을 내밀었다.

"점심식사는 하셨습니까?"

"예, 호텔에서 양식으로 점심을 했습니다."

"음식은 입에 맞으셨습니까?"

"아주 훌륭했습니다."

"다행이군요."

대진이 다케조에 신이치로 공사와도 인사를 나누고는 자리를 권했다. 두 사람은 쓰고 있던 모자를 벗고서 자리에 앉았다.

그와 동시에 커피가 나왔다.

대진은 커피를 마시면서 두 사람과 한담을 나눴다. 그렇게 얼마의 시간을 보낸 대진이 먼저 본론에 들어갔다.

"우리 대한제국과 무슨 일을 논의하기 위해 특사로 오신 겁니까?"

이토 히로부미도 말을 돌리지 않았다.

"우리 일본은 열도를 통일하기 위해 규슈공화국을 공략하려고 합니다. 그런 우리 일본의 대업을 귀국이 동의해 주셨으면 해서 찾아뵈었습니다."

대진이 고개를 끄덕였다.

"역시 그 문제 때문에 방문하신 것이군요."

이토 히로부미도 대진이 알고 있을 거라 짐작했다. 그러나 막상 대진에게서 직접 들으니 내심으로는 착잡해졌다.

그러나 겉으로는 담담했다.

"후작님께서 짐작하고 계실 줄 알았습니다."

대진도 바로 말을 받았다.

"그러셨습니까? 그러면 제가 무슨 대답을 할 줄도 아시겠군요?"

이토 히로부미는 대답하지 않았다.

그 대신 깊게 몸을 숙였다.

"도와주십시오. 귀국으로서도 우리 일본이 통일되는 것이 훨씬 좋으실 것입니다."

대진은 이토 히로부미가 공손히 허리를 숙이는 모습에 묘한 기분이 들었다. 그러나 겉으로는 냉정한 시선으로 고개를 저었다.

"미안하지만 제 생각과는 다르군요. 우리 대한제국의 입장에서는 규슈공화국의 존속이 국익에 훨씬 도움이 됩니다."

이토 히로부미가 강조했다.

"그렇지 않습니다. 열도가 통일되면 국토 개발은 필연입니다. 그러면 경제적으로, 기술력으로 앞서 있는 귀국에도 큰 도움이 될 것입니다."

그러자 대진이 은근히 핵심을 짚었다.

"귀국의 국토 개발에 본국을 정식으로 참여시켜 주겠다는 말씀입니까?"

이토 히로부미는 순간 당황했다.

다음 권으로 이어집니다